스토리의 모험

스토리의 모험

김귀현 · 스토리펀딩 팀 지음

생각
정원

나는 로건, 스토리펀딩 팀의 파트장이다. 2014년 9월 29일은 스토리펀딩의 전신인 뉴스펀딩이 시작되는 날이었다. 그때 나는 사무실이 아니라 터키 이스탄불에 있었다. 열심히 준비는 했지만, 서비스의 성공을 자신할 수 없었다. '내 손을 떠났다'는 마음이 들자 미뤄뒀던 휴가를 떠났다. 낯선 곳에서 커피를 마시며 숨을 돌리는데, 전화가 왔다. 5천만 원이 후원금으로 들어왔다는 소식을 들었다.

스토리펀딩은 어느새 100억의 후원액을 돌파했다. 하지만 창작자들의 '생계걱정'이 해결되지 않는 한, 아직 스토리펀딩이 갈 길은 멀다. 여전히 우리는 창작에 전념하며 사람을 울리고 웃기는 창작자들이 튼튼하게 설 수 있는 창작자 생태계를 꿈꾼다.

그동안 스토리펀딩은 3000명의 창작자가 자발적으로 모여서 자신만의 생생한 이야기를 프로젝트에 담아냈다. 또한 이들의 흥미진진한 이야기에 1000만 명이 넘는 독자들이 울고 웃었다. 우리가 직접 만난 사람들의 이야기이기에 모든 프로젝트가 각별하고 또 소중하다.

우리는 이 모든 이야기를 담고 싶었지만, 분량이 허락하지 않아 어쩔 수 없이 27편의 이야기만을 책에 담았다. 우리는 여전히 스토리가 독자를 만났을 때, 독자에게 어떤 감정을 심어주는지 알 길이 없다. 그럼에도 희망한다. 우리가 전하는 이야기가 힘든 삶을 살아가는 독자들께 작은 용기와 마음 한 켠에 온기를 전할 수 있기를……

임희원 PD(이본), 김주영 PD(에일라), 임석빈 PD(빈), 김귀현 파트장(로건), 이지현 PD(릴리), 박웅서 PD(야베스)
카카오는 수평 커뮤니케이션을 위해 영어 이름을 사용한다.

 contents

1장

널 위해 우리는
별이 될 수 있을까?

세상에서
가장 값진 보석

—   광주 광천터미널에서 세 살배기 아
이가 발견되었다. 터미널 측은 부모를 찾아주기 위해 갖은 애를 썼지만
아이의 부모는 찾을 수 없었다. 아이는 그렇게 미아가 되었다. 그 후에도
그 아이를 찾는 사람은 나타나지 않았다. 왜 부모가 찾지 않았을까? 그 아
이가 지체장애인이었기 때문일까? 그래서 차마 아이를 키우기가 어려웠
던 것일까? 부모를 만난 적이 없으니 미루어 짐작할 뿐이다.

앞서 말한 이 아이는 지금부터 전할 '널 위해 우리는 별이 될 수 있을
까?' 프로젝트의 주인공, 경원 군이다. 경원 군은 부모를 찾지 못한 채로
어린 시절부터 광주의 장애인 시설에 들어갔다. 그러나 장애인 시설에 익
숙해질 무렵이면 다른 시설로 옮겨야 했다. 부모에게 이별을 당한 경원
군은 어디든 마음을 붙일 만하면 이별을 겪어야 했다. 시설을 옮겨 다니

며 이별에 익숙해질 무렵 경원 군은 중학교에서 따돌림을 당했다.

경원 군의 인생에 이별뿐만 아니라 고독과 외로움이 더해졌다. 경원 군은 어떻게든 버텨야 했기에 시를 썼다. 특히나 얼굴도 모르는 엄마에 대한 그리움을 글로 옮겼다. 경원 군의 삶에 환대나 우정 같은 따뜻한 감정을 보여줄 사람은 정말 없는 것일까? 스토리펀딩 프로젝트를 시작하기 전에 경원 군의 이야기를 들으며 여러 모로 마음이 아팠다.

당신이 그토록 바라는 세상은

어떤 세상인가요

당신이 그토록 원하는 세상은

어떤 세상인가요

내가 꿈꾸는 세상은

연필 한 자루면 시 하나

뚝딱 만들어내는 세상

시 하나로 사람들의 마음을 위로하고

공감할 수 있는 세상

- 김경원, 〈내가 꿈꾸는 세상〉

어디선가 나타난 좋은 친구 〜〜〜〜

고3이 된 경원 군은 재하라는 친구를 만났다. 재하 군은 경원 군이 쓴 시를 보자마자 그의 재능을 알아봤다. 대입을 앞둔 삭막한 고3 교실, 사소한 일에도 예민해지기 마련인 그 공간에 재하 군은 경원 군의 시를 붙여 놓았다.

시커먼 남학생들만 있는 공간에서 시가 과연 위안이 될 수 있을까 하는 우려도 잠시, 쉬는 시간이면 친구들은 경원 군의 시들을 읽었다. 그중 마음에 드는 시에는 스티커를 붙이기도 했다. 대놓고 말하지는 않았지만 따뜻하고 다정한 경원 군의 시에 위로를 받았는지 다들 새로운 시가 나오길 기다렸다. 고3 남학생들은 그렇게 경원 군의 팬이 됐다. 삭막했던 교실엔 따뜻한 기운이 돌았다.

그래서 재하 군은 경원 군의 따뜻한 시가 많은 사람들에게 알려지면 좋겠다고 생각하고 스토리펀딩의 문을 두드렸다.

"광주에 사는 고3 학생입니다. 날마다 시를 써서 삭막한 고3 교실을 밝혀주는 경원이의 친구이자 경원이의 시집 발간 모임 대표입니다. 경원이는 3세 때 터미널에서 부모님과 이별했으며 지체장애가 있는 친구입니다. 경원이는 이후 장애인 거주 시설에서 생활해왔고 고3이 된 지금 시를 씁니다. 학생 시인 김경원, 경원이가 계속해서 시를 쓸 수 있도록 힘을 모아주세요. 후원금은 경원이의 시집 발간에 사용될 예정입니다. 시집을 발간하고 남은 후원금은 고등학교 졸업 후 시설에서 퇴소하여 지역 사회로 자립해야 하는 경원이의 자립 지원금으로 사용됩니다."

펀딩 신청서를 보고 팀원들은 고민했다. 펀딩을 시작하기 위해서는 창작자를 꼭 만나야 한다. 이것이 원칙이다. 인터넷으로 불특정 다수에게 펀딩을 받아야 하기 때문에 신뢰가 매우 중요하고 신뢰를 확인하기 위해선 만남만큼 확실한 게 없다.

광주에 있는, 그것도 학생을 어떻게 만나서 이야기해야 할지 난감했다. 프로젝트를 맡은 김주영 PD가 김재하 군에게 연락했다. "스토리펀딩은 PD와 꼭 만나서 프로젝트에 대한 이야기를 나눠야 하는데 괜찮을까요?" 재하 군이 잠시 머뭇거렸다. "제가 고3이라 자유롭게 다닐 수는 없는데요, 엄마에게 물어볼게요." 며칠 후 답이 왔다. "엄마에게 허락받았어요. 경원이 시집을 꼭 내고 싶거든요. 엄마와 같이 용산역에서 만나주실 수 있을까요?"

김재하 군은 KTX를 타고 용산역에 도착했다. 재하 군의 어머니와 함께였다. 어머니는 고3인 아들이 스토리펀딩 때문에 공부에 소홀하진 않을까 걱정하는 눈치였지만, 그래도 아들의 무모한 도전을 응원하고 있었다.

삶에서 만나는 최고의 선물, 우정 〜〜〜

재하 군과 어머니의 도움으로 무사히 펀딩 프로젝트를 론칭했다. 재하 군을 비롯한 고3 친구들과 함께 경원 군의 시집 만들기 프로젝트를 진행하면서 개인적으로는 우정에 대해 다시 생각하게 되었다. 먼저 프로젝트가 진행되는 과정에서 경원 군뿐만 아니라 친구들과 선생님까지 모두 모였다. 각자가 가장 잘할 수 있는 일로 경원 군을 도왔다. 그림을 잘 그리는 장우혁 군과 정우영 군은 경원 군의 시집에 들어갈 삽화를 그렸다.

그뿐만이 아니었다. 경원 군의 옆 반 친구들도 같이 돕기 시작했다. 경원 군의 시가 전 세계에 알려질 수만 있다면 정말 뜻깊은 일이 될 것이라고 생각한 친구들은 시를 외국어로 번역했다. 일본어에 능통한 태훈 군은 시를 직접 일본어로 번역했다. 번역만으로도 감동적인데, 성채 군은 경원 군의 이야기를 동영상으로 만들어 유튜브에 올렸다.

스토리펀딩에 올라왔던 경원 군의 시 한 편을 짤막하게 올려본다.

나에게 엄마란
부르기 가장 힘든 사람입니다.

나에게 엄마란
너무나도 미운 사람 중 한 사람입니다.

나에게 엄마란
이미 내 기억 속에서 사라져버린 존재입니다.

나에게 엄마란
그 이름이 너무나도 어색하게만
느껴지는 사람 중 한 명입니다.

나에게 엄마란
정말 못된 사람 중 한 명입니다.

하지만
가끔 아주 가끔은
엄마라는 그 이름을
불러보고 싶을 때가 있습니다.
(하략)

- 김경원, 〈엄마에게〉

'널 위해 우리는 별이 될 수 있을까?' 프로젝트는 4회에 걸쳐 진행됐다. 매번 올라오는 글은 길지도 화려하지도 않았지만 왠지 마음을 훈훈하게 했다. 나만 그렇게 느낀 것은 아니었는지 경원 군의 시를 엮어 시집을 내려는 펀딩은 목표액 500만 원을 훌쩍 넘어 1156만 원을 후원받았다.

경원 군의 시에 공감한 후원자도 많았지만 경원 군을 위해 열심히 뛰는 친구들의 따뜻한 마음에 감동한 후원자들도 많았다.

"경원 군의 첫 시집 출판을 정말 정말 너무나 축하합니다. 정식으로 출판되면 시집 꼭 구입할게요. 펀딩 후원이 이렇게 큰 기쁨으로 다가오는 게 감동적입니다. 펀딩을 시작한 재하 군에게도 큰 박수 보냅니다."

– 후원자 히리아 님

"정말 감사합니다. 경원 군의 이야기를 읽으며 얼마나 많은 사람들에게 희망이 되었을지 생각만으로 벅차오르네요. 너무 감사하고 수고하셨습니다. 재하 군 감사합니다. 선생님과 학생분들 모두 진심으로 감사드립니다."

– 후원자 123213 님

친구를 위해 준비한 가장 멋진 출판 기념회 〜〜〜

2016년 8월 24일 조선대학교 부속고등학교 3학년 3반 교실에서는 김경원 군의 시집 《세상에서 가장 값진 보석》 출판 기념회가 열렸다. 9월은 수시 원서 접수로 바빠지기에 우선 출판 기념회부터 연 것이다. 이때 학생들은 이렇게 생각했다고 한다. '세상에서 할 수 없는 일은 없겠구나.' 누군가를 도우려는 마음만 있다면, 뭔가를 하려는 마음만 있다면 뭐든 가능하다는 학생들의 생각은 사소한 것에도 마음이 꺾이곤 하는 나를 반성하게 했다.

출간 기념회에서 프로젝트를 진행했던 김재하 군이 소감을 전했다. "처음 시집을 만들겠다는 생각을 했을 때만 해도 이게 현실이 될 줄은 몰랐습니다. 그런데 생각은 현실이 됐습니다. '할 수 있는 만큼만 해보자'는 마음으로 시작했더니 이렇게 시집 한 권이 우리들에게 왔습니다."

경원 군의 담임선생님은 경원 군이 가장 좋아하는 나태주 시인과의 만남을 주선했다. 경원 군이 나태주 시인을 좋아하는 이유는 조금 특별했다. 지체장애인으로 순탄치 않은 삶을 살면서 중학교 시절 왕따까지 당했을 때 "자세히 보아야 예쁘다/오래 보아야 사랑스럽다/너도 그렇다"라는 〈풀꽃〉이라는 시를 읽으며 경원 군이 버틸 수 있었다는 것이다. 경원 군은 '나도 자세히 보면 정말 아름다울까?'라는 생각을 하면서 시가 큰 위안이 된다는 것을 알게 되었다고 한다.

시인의 삶과 살아가는 자세에 대해 진지하게 질문하는 경원 군을 보며 나태주 시인은 경원 군을 위한 시를 지었다.

밤사이
초롱초롱
너를 생각하는 마음들

어둔 하늘

별이 되었다가

아침이면

초롱초롱

풀밭 위에 별이 되어

또다시 피었네

별

별꽃 같은 마음이여

오래오래 그 자리 피어 있거라

어두운 세상을 밝혀 다오

    - 나태주, 〈별꽃: 김경원 군을 위하여〉

끝나지 않은 우정, 남은 이야기 〜〜〜〜

경원 군과 재하 군의 아름다운 프로젝트가 마무리됐다. 펀딩을 진행하는 입장에서도 여운이 오래갈 것만 같은 프로젝트였다. 경원 군도 재하 군도 다들 어떻게 지내는지 궁금했지만 대입에 방해될까 봐 따로 연락을 주고받진 못했다.

    그러다 재하 군의 어머니를 통해 뜻밖의 소식을 들을 수 있었다. "경원이같이 장애를 가진 친구들은 스무 살이 되면 장애인 시설을 나와서 보통 공장에 취직하는데요, 프로젝트를 보고 곳곳에서 후원해주겠다고 했대요. 경원이가 많은 분들의 도움으로 대학에 진학해서 하고 싶은 동물자원학을 공부하고 있다네요." 경원 군이 계속 공부를 할 수 있다는 사실에 마음이 먼저 놓였다. 재하 군의 소식도 궁금했다. "재하는 서울교대에 들어갔어요. 더 좋은 학교에도 들어갈 수 있는 성적이었지만 꼭 선생님이 되고 싶다고 하네요."

어머니는 내심 아쉬워하셨지만, 그래도 아들에 대한 믿음은 단단해 보였다. 스토리펀딩 팀에 크리스마스 선물처럼 다가온 경원 군과 재하 군의 이야기는 마지막까지도 동화 같았다. 스토리펀딩을 시작하기 전 경원 군의 짧은 생애를 보며 환대와 우정을 경험할 수 있을까 걱정했던 내가 세상을 너무 비관적으로 봤다는 생각을 했다. 경원 군은 앞으로도 좋은 시인이 될 것이다. 그리고 재하 군은 어두운 세상을 밝히고, 누군가를 적극적으로 돕는 좋은 선생님이 될 것이다.

 널 위해 우리는 별이 될 수 있을까?

할머니들의
아름다운 반란

— 아들의 돌잔칫날, 외할머니가 오셨
다. 아들에겐 증조외할머니지만 나에겐 외할머니다. 여든의 외할머니는
아직 정정하시다. 외할머니가 내게 하얀 봉투를 건네셨다. 아들의 돌잔치
때문에 주셨겠지만, 오랜만에 할머니께 세뱃돈을 받는 기분이라 어린 시
절로 돌아간 것처럼 잠시 기분이 들떴다. 그러다 문득 봉투를 내려다본
나는 마음이 뭉클해졌다. 봉투에는 '애할머니가'라고 삐뚤삐뚤한 글씨가
적혀 있었다.

생각해보니 할머니의 글씨는 그날 처음 본 것이었다. 여름방학에 시
골에 내려가면 선풍기를 틀고도 부채질을 해주시고 겨울방학이면 따뜻
한 아랫목에 앉히고 이불까지 덮어주시던 할머니의 따뜻한 마음만 느꼈
지, 할머니의 글씨를 어디서도 본 적이 없었다. 이 사실을 깨닫자 마음 한

구석에서 짠 내가 나기 시작했다. 문득 '애할머니'가 '외할머니'보다 더 많은 사랑을 담은 말처럼 느껴졌다. 그리고 궁금해졌다. 나에게 할머니라 불리기 전에 할머니는 어떻게 사셨을까? 할머니도 소녀였던 시절이 있을까? 그리고 글자는 어떻게 배우셨을까?

배움의 장에서 외면받은 소녀들 ～～～

스토리펀딩에는 할머니들의 도전 프로젝트가 종종 개설된다. 한글을 배우는 할머니(위더스가 진행한 '한글에 스며든 할머니의 주름')도 계시고, 한글을 넘어 시까지 쓰는 할머니(이정화 작가가 진행한 '칠곡 할매들, 시를 쓰다')도 계신다. 얼마 전 카메라를 배우는 할머니의 이야기(밀알복지재단이 진행한 '할머니의 카메라')는 많은 독자들의 마음을 뭉클하게 했다.

글을 읽고 쓰는 일에 불편함을 겪는 할머니의 사연은 매체에서 흔히 다뤄진다. 숙명여자대학교 학생들로 구성된 단체 위더스(with us)는 이 이슈가 매번 일회성으로 끝나는 것이 안타까웠다고 한다. 그래서 모든 할머니의 꿈을 이뤄주기 위해 나서게 됐다.

학생들이 할머니에 집중한 이유는 단순했다. 할머니들이 소녀였던 시절, 여성들에게는 한글 교육의 기회조차 주어지지 않았기 때문이다. 소녀들은 오빠나 남동생의 학업을 뒷바라지하거나 가족을 부양하기 위해 가장 먼저 생계전선으로 불려나왔다. 덕분에 소년들은 힘든 형편에도 학교에 다닐 수 있었지만 소녀들은 배움의 장에 발조차 들이지 못했다.

드디어 한글을 배우다 ~~~~

특히 학생들의 마음을 아프게 했던 사연이 하나 있다. 경북 봉화군의 한 할머니는 할아버지가 돌아가신 이후 집으로 배달된 고지서를 읽을 수가 없었다. 수도 요금을 내려고 해도 직접 은행까지 찾아가 묻고 또 물어야 했다. 한글을 읽지 못해 일상만 불편한 것이 아니었다. 할머니가 글을 읽지 못한다는 것을 알고 사기꾼들이 접근하는 경우도 있었다. 할머니는 알면서도 당할 수밖에 없었다.

이런 안타까운 사연을 접한 학생들은 할머니들을 찾아가는 이동 학교를 만들었다. 그리고 할머니들에게 연필을 잡는 법부터 가르쳤다. 한글을 몰라 삶이 힘드셨던 할머니들은 누구보다 열정적으로 한글을 배웠고 결국 한글을 읽고 쓰게 됐다. 그리고 그렇게 배운 한글로 가장 먼저 감사의 마음을 담은 편지를 보내셨다.

> "슨생님 공부 가르쳐주신 득분애 농협도 가고 돈도 차자서 새금도 내고 함니다. 은행 업무는 읍매에 나가는 소장이나 지인에게 부탁했는데 이제는 내가 직접 할 수 있겠다. 부탁했다가 사기당하는 할머니들이 얼마나 많았는데 감사함미다."

할머니들은 그간 마음에 담아두었던 이야기를 담은 편지를 아들에게 쓰기도 했다.

"사랑하는 아들 태우야, 너에게 편지를 쓰게 되어 기쁘면서도 눈물이 난다."

이런 감동이 일회성 이벤트로 끝나지 않도록 스토리펀딩을 진행했다. 제목은 '한글에 스며든 할머니의 주름'. 펀딩 금액은 할머니들의 지속적인 한글 교육 사업에 활용되고 후원자들에게는 할머니의 글씨를 모티브로 삼은 캘리그래피 엽서와 가이드북을 제공했다.

요즘 특정한 일이나 경험의 재미를 강조하기 위해 "한번도 안 해본 사람은 있어도 한번만 해본 사람은 없다"라는 말이 유행처럼 사용된다. 하지만 한글을 배우는 것만큼 이전과 이후 세계의 차이를 확연히 보여주는 일은 없다.

"어르신들이 한글 배우고 직접 쓴 편지 보니 울컥합니다."   - 카사르 님

이런 후원자의 관심과 애정이 계속된다면 앞으로 진행될 펀딩은 아마 성공할 것이다. 거기서 더 나아가 한글 공부로 할머니들의 갑갑한 세상이 시원하게 열리는 일이 꾸준히 계속되길 바란다. 스토리펀딩에서는 이런 일이 가능하다.

녹진한 삶이 녹아나는 시 〜〜〜

위더스와 함께 할머니들이 한글을 배웠다면 경북 칠곡의 할머니들은 시를 배웠다. '칠곡 할매들, 시를 쓰다' 프로젝트는 이정화 프리랜서 작가가 진행했다. 평생 농사만 짓던 할머니들이 한글을 깨우치면서 느꼈던 것들을 시로 풀어보는 프로젝트였다. 순박한 할머니들의 촌철살인과 깊은 삶의 지혜들이 그대로 시에 묻어나왔다. 웹상에서 잠깐 읽고 지나가기엔 시들이 정말 좋아 결국《시가 뭐고?》라는 책으로 엮었다. 경상도 할머니들에게 어울리는 제목이다.

> 마늘을 캐가지고
> 아들 딸 다 농가 먹었다
> 논에는 깨를 심었는데
> 검은깨 농사지어서
> 또 다 농가 먹어야지
> 깨가 아주 잘 났다
> – 박차남, 〈농가 먹어야지〉

1933년에 태어나 글이라고는 '일본 글'이 기억의 전부인 박차남 할머니의 시다. 귀도 어둡고 걸음도 느린 할머니는 '동무들도 보고 글도 배우는' 학교가 가장 좋다고 말씀하신다. 학교에서 글을 배우고 시를 쓰는 것은 나이 들어 얻은 새로운 즐거움이라는 것이다. 박차남 할머니는 오랫동안 농사를 지으며 깨달은 점을 시로 풀어냈다. 바로 뭐든 '농가'(나눠) 먹어야 한다는 것이다. 표준어를 사용하는 독자들이 보기에 어색할 수도 있지만 '잘 났다'는 표현은 수십 년간 농사를 지은 고수만이 쓸 수 있는 최고의 표현이라고 한다.

인지 아무거또 업따
묵고 시픈 거또 업또
하고 시픈 거도 업다
갈 때대가 곱게 잘
가느 게 꿈이다
– 박금분, 〈가는 꿈〉

1931년생 박금분 할머니에게는 곱게 삶을 정리하고 싶은 꿈이 있다. 그 마음을 누구에게도 이야기하지 못하다가 시 안에서 풀어냈다. 글쓴이의 의도가 무엇이냐고 물었더니 "80이 넘으면 상귀신 아이가, 밥 묵고 지끼니까 사람이제"라고 하셨다.

사람이라카이
부끄럽따
내 사랑도

모르고 사라따

절을 때는 쪼매 사랑해조대

그래도 뽀뽀는 안 해밧다

 - 박월선, 〈사랑〉

1932년생인 박월선 할머니는 스무 살에 시집을 왔다. 결혼이 더 늦어지면 안 된다는 아버지의 성화에 할머니는 시집을 가기로 결정했다. 남편감이 못생겼으면 어쩌나 걱정하던 할머니는 사진 한 장만 보고 금세 남편감에게 푹 빠져버렸다. 그렇게 할머니가 좋아했던 잘생긴 남편은 그만 병으로 일찍 세상을 떠나고 말았다. 남편을 병으로 일찍 잃은 것도 안타까운데, 할머니에겐 남편과 '둘이 찍은 사진'마저 없다. 억척스럽게 삶을 이어온 할머니는 이제 세 아들을 도시로 보내고 혼자 살고 있다. 사랑에 대한 할머니의 시에서는 아직도 남편을 좋아하는 마음이 느껴진다.

한 편 한 편의 시에는 할머니들의 삶이 그대로 녹아 있었다. 시로 풀어낸 할머니들의 이야기는 한 여성이 겪어야 했던 고된 삶에 대해, 인생의 황혼기에 바라보는 죽음에 대해, 진솔한 바람에 대해 단순하지만 뜨거운 감정을 끌어냈다. 나는 몇 번이고 눈시울이 붉어졌고 수많은 후원자들이 가슴 뭉클해 했다. 이 프로젝트에 2만 원을 후원하면《시가 뭐고?》를 받을 수 있었다. 오래도록 감동을 간직하고 싶어 하는 이들의 후원이 이어졌다.

자세히 보아야 예쁘다, 할머니도 그렇다 ~~~~~

학생들이 위더스라는 단체를 만들어 할머니들께 글을 가르치고 프리랜서 작가가 할머니들께 시를 쓰게 했다면 밀알복지재단은 카메라를 꺼내 들었다. 복지재단에서 만난 다섯 명의 할머니들은 1년 동안 사진 찍는 법을 배운 후에 출사를 다녔다.

카메라도 기계인데 할머니들이 다루기에는 복잡하지 않을까, 배우실 수는 있을까 하는 염려는 할머니들의 열의 앞에서 문제되지 않았다. 할머니들은 무언가로 프레임을 채우고 자기를 표현하는 사진을 통해 새로운 인생을 맞았다. 일흔셋의 할머니는 생애 처음으로 자신만의 취미를 갖게 되었다며 행복해했다. "지금껏 인생에 큰 소원이 없었어요. 이제 사진을 찍는 순간 죽을 듯이 행복해지니 카메라가 나를 다시 살게 합니다."

이제 할머니들은 일상을 스쳐지나가는 풍경이 아니라 시선을 고정하고 가까이에서 진득이 지켜봐야 하는 하나의 장면으로 여기게 되었다. 할머니들은 그간의 삶까지 새로운 시선으로 보게 되었다. 어떤 할머니는 "사진으로 일상을 관찰하다 보니 내 인생을 돌이켜보게 되었다"라고 말했다. 또 사진을 찍으며 자아를 찾은 할머니들은 처음으로 '자신의 아름다움'을 깨닫기 시작했다. 지나간 시간만 확인시켜주는 주름진 얼굴에 손사래를 치던 할머니들이 처음으로 자신들의 사진을 찍으면서 예쁜 모습들을 하나하나 찾아내게 되었다.

가장 위대한 창작은 삶의 기록이다 〜〜〜

앞서 언급했듯이 스토리펀딩에는 할머니를 주제로 한 프로젝트들이 꽤 있다. 그러나 어떤 프로젝트를 진행하든 나도 모르게 '애할머니'를 생각하게 된다. 우리 할머니들은 남편을 위한, 아들을 위한, 오빠나 남동생을 위한, 아버지나 어머니를 위한 삶을 살았다. 할머니들이 삶의 주체가 되었던 적은 별로 없었다. 한글을 배우고 시를 쓰며 사진을 찍는 할머니들을 보면서 나는 외할머니의 삶이 더욱 궁금해진다.

다양한 프로젝트에 도전하는 할머니들은 말한다. "살아 있는 한, 이렇게 행복을 찾아 나서려고요." 할머니들의 도전은 스토리펀딩에 오롯이 기록되고 있다. 그 기록은 한 인간의 '삶'이다. 언젠가 나도 무한한 사랑을 보여준 외할머니와 함께 프로젝트를 진행해보고 싶다. 무엇이 될지는 모르지만 한 인간의 '삶'을 기록하는 것만큼 위대한 일은 없다는 것을 잘 알고 있으니 말이다.

 할머니 스페셜 페이지

스토리로
10억을 펀딩받은 남자

—   박상규 기자를 처음으로 만난 건
2006년이었다. 당시 나는 기자 지망생이었고 박상규 기자는 내가 가고
싶은 언론사의 공채 기자였다. 그곳에서 여름에 인턴 기자 활동을 하게
됐다. 그때 박 기자와 처음으로 현장에 나가게 되었다.

처음으로 현장에 나간 날, 그가 말했다. "너 노충국 사건 알아?" 뜬금
없는 질문에 당황했지만 긴장하지 않고 대답했다. "네, 알죠." 그는 나보
다 더 천연덕스러웠다. "그거 내가 특종했어." 그는 초면부터 특종을 자랑
했다.

그 사건은 고 노충국 씨가 군 복무 중 위암에 걸렸으나 치료를 제대
로 받지 못해 사망한 사건이다. 고 노충국 씨는 전역 보름 만에 위암 말기
판정을 받고 세상을 떠났다. 이 사건이 보도된 이후 군 의료 체계의 총체

적인 문제점이 불거졌고 국방부는 부랴부랴 대책을 내놓았다.

이 기사는 2006년 한국을 뒤흔든 특종 중 하나였다. 사건이 일으킨 파장과 특종이 만들어낸 변화를 생각하면 처음 보는 후배에게도 자랑할 만했다.

나는 "와우, 대단하시네요. 많이 배우고 싶습니다, 선배님!"이라고 말했다. 솔직히 배우고 싶다는 마음은 진심이었다. 요샛말로 박상규 기자에게는 '깡다구'가 있어 보였다. 당시 막내 기자였지만 나 역시 박상규 기자처럼 세상을 바꿀 특종을 만들어내고 싶다는 마음이 있었으니까. 그래서 그를 '나의 롤모델로 삼아야겠다'는 생각을 하곤 했다.

제대로 취재하고 싶은데 ~~~~

2014년 뜨거운 여름날이었다. 내가 포털 사이트 직원이 되어 '콘텐츠 유료화'라는 무모한 도전을 진행할 무렵, 박상규 기자 역시 퇴사를 고민하는 10년 차 기자가 됐다. 그는 서울 사대문 밖의 생활을 궁금해했다. 권력 감시를 이유로 너무 많은 기자들이 사대문 안에 몰려 있다고 생각했던 것이다. 권력자의 목소리를 열심히 기사로 옮기는 일이 재미가 없었다. 스스로 말하지 못하거나 그럴 힘이 없는 존재들의 이야기를 쓰고 싶었다. 10년 차가 되니 스스로 매너리즘에 빠지는 것 같다고 했다. 자극이 필요했다. 무엇보다도 자신이 진심으로 원하는 기사를 쓰고 싶었다.

"내가 회사를 그만두고 쓰고 싶은 기사가 있는데, 주말마다 취재도 했어. 이야기가 될 거야. 그런데 회사에 매여 있어서 제대로 취재할 수가 없네. 그렇다고 회사를 나가자니 당장 수입도 걱정되고."

"선배, 그거 뉴스펀딩(현재의 스토리펀딩)에 써보시는 거 어때요? 제가 어떻게든 돈은 모아드릴게요."

"그게 돈이 될까?"

"네, 됩니다. 퇴사하세요."

뉴스펀딩의 시작치고는 조금 밋밋했지만 덕분에 콘텐츠 유료화라는 의미가 담긴 뉴스펀딩은 박상규 기자를 만나 자리를 잡기 시작했다. 주말마다 취재를 하는 것으로도 부족해 휴가까지 내가면서 취재했던 뉴스펀딩의 첫 프로젝트 '그녀는 왜 칼을 들었나'(친부 살해 혐의를 받고 무기수로 복역 중인 김신혜 씨의 사건을 다룬 프로젝트로 김신혜 씨의 사건은 현재 재심 개시 여부에 대한 대법원의 판단을 기다리고 있다)는 2100만 원을 후원받으면서 프리랜서 기자도 돈을 벌 수 있음을 처음으로 보여주었다.

백수에서 스토리펀딩 스타로 ﹌﹌﹌﹌

사실 박상규 기자에게 퇴사를 종용할 때 나는 자신이 없었다. 괜히 한 사람의 인생을 망치는 것은 아닌가 싶었다. 회사를 떠나는 건 단순히 퇴사가 아니다. 회사를 벗어나는 순간 내게 쏟아지는 수많은 청구서는 회사가 내 삶을 유지시켜준 튼튼한 우산임을 새삼 깨닫게 한다. 다달이 보장되는 월급과 4대 보험이 함께 사라지면서 괜히 마음이 불안해진다. 게다가 항상 부족하게만 느껴져서 소중함을 모르던 사내 복지가 사라지면서 모든 일을 혼자 감내해야 한다.

그럼에도 박상규 기자는 매섭게 춥던 2014년 12월 31일, 10년간 기자 생활을 해오던 〈오마이뉴스〉를 퇴사했다. 그리고 사직서에 이런 이야기를 썼다.

"저는 사대문 안에 없는, 있어도 잘 보이지 않는 이야기를 찾아 사대문 밖으로 나가겠습니다."

만약 누가 나에게 후원을 해줄 테니 회사를 나와서 일을 해보라고 한다면 섣불리 결정하지 못했을 것이다. 지금도 마찬가지다. 아직은 회사의 울타리가 편하다. 그래서 내가 하지 못하는 일을 남에게 제안하는 건 비겁하다는 생각도 들었다.

하지만 어떻게든 박상규 기자를 우리나라의 대표적인 프리랜서 기자로 우뚝 서게 하고 싶었다. 그렇지만 우려도 있었다. 콘텐츠로 돈을 버는 것이 지속 가능한 일인지, 사회 안전망을 벗어나 생계유지가 가능할지. 하지만 박 기자는 "정성을 다하면 길은 열린다. 누군가 주입한 두려움에 떨 필요가 없다"고 당당하게 말했다. '콘텐츠로 승부하는 사람'이라면 이 정도의 '깡다구'는 있어야 한다.

그래서 나도 박상규 기자도 부지런히 뛰었다. 2년 6개월간 12개의 프로젝트를 진행했다. 그가 모은 펀딩액은 10억 원. 총 100억 원이 모인 스토리펀딩 금액 가운데 10퍼센트를 박상규 기자 혼자 모은 것이다. 그는 스토리펀딩의 최고 스타이자 롤모델이다.

콘텐츠쟁이, 세상을 흔들다 ~~~~~

그가 진행한 프로젝트를 살펴보자. 재심 3부작 시리즈는 모두 재심 결정을 이끌어냈고 두 사건은 무죄 판결을 받아냈다. 공익 변호사 박준영을 세상에 알린 이도 바로 박상규 기자다. 박 변호사가 좋은 일을 하고 있다는 사실을 업계 사람들은 알고 있었지만 대중들은 잘 알지 못했다. 그때 박상규 기자가 스토리를 입혔고 이 스토리에 많은 사람들이 감동하고 동참했다.

'백두대간 전시회'로 잘 알려진 뉴질랜드 사진작가 로저 셰퍼드(Roger Shepherd)를 발굴한 것도 박 기자다. 북한을 직접 다녀온 로저 셰퍼드는 우리가 결코 갈 수 없는 아름다운 북한의 산하를 국내 독자들에게 처음 알렸다. 박 기자가 처음부터 로저 셰퍼드를 알고 취재했던 것은 아니다. 여기에는 뒷이야기가 있다.

모든 일은 2014년 겨울 구례 버스 터미널에서 시작되었다. 박 기자가 버스를 기다리며 카페에서 몸을 녹이는데 한 외국인 남자가 말을 걸어왔다. "지리산 갔다 왔어요? 눈 좋아? 멋있어?" 순간 당황했던 박 기자는 외국인이 한국말을 하는 것에 안도했다고 한다. 지리산에 대해 이런저런 이야기를 나누던 외국인 남자가 갑자기 사진을 보여주며 말했다. "이거 내가 다 찍은 사진이에요. 북한 백두대간 종주했어요." 순간 박 기자의 가슴이 뛰었다. 그리고 외마디 영어가 튀어나왔다. "리얼리?" "슈어!" 백두대간의 장쾌하고 아름다운 모습이 담긴 사진이었다. 우리는 가지 못하는 곳의 사진이었다. 박 기자는 사진을 보는 순간 '이 콘텐츠 되겠다'는 생각이 들었다고 한다. "당신 나랑 인터뷰 좀 합시다."

기자도 아닌 백수가 기자 정신을 발휘해 인터뷰를 요청했다. 그의 이야기는 스토리펀딩에 그대로 옮겨졌다. 스토리펀딩 최초의 외국인 창작자를 박 기자가 발굴했다. 그는 6664만 원의 펀딩을 받으며 성공적으로 데뷔했다. 후원금은 사진집과 전시회 비용으로 쓰였다.

콘텐츠로 승부하겠다는 그의 결심은 헛되지 않았다. 2016년 12월, 퇴사 2년 만에 '피플펀딩'이라는 정기 후원 플랫폼에 '박상규'라는 이름 세 글자만 걸고 프로젝트를 띄웠다. 그동안은 그가 취재한 콘텐츠로 펀딩을 받았다. 피플펀딩은 기자의 이름만 걸고 후원자들에게 취재비를 후원받는 시스템이다. 그는 '과연 될까?'라는 의구심을 이겨내고 이름만으로 당당히 후원을 받기 시작했다. 고무적인 일이었다. 그가 앞으로도 만들어갈 콘텐츠에 대한 후원자들의 무한한 신뢰가 느껴졌다.

2017년 5월 현재 박 기자는 332명의 후원자에게 월 408만 원의 후원금을 받는다. 웬만한 월급쟁이보다 낫다. 그는 6개월 동안 어떠한 콘텐츠도 내놓지 않았다. 그래도 후원자들은 그의 이름만 보고, 그를 믿고, 돈을 낸다. '박상규'는 하나의 브랜드가 됐다.

믿는 구석이 있는 그의 마지막 꿈은? ~~~~~

이제 그는 더 이상 백수 기자가 아니다. 미디어 스타트업의 어엿한 사장이다. 진실 탐사 그룹 셜록은 벌써 네 명의 멤버를 영입했다. 종편 출신 기자, 일간지 출신 기자, 언론 준비생까지 면면도 화려하다. 월급도 진보 언론보다는 많이 준다. 방송사 기자만큼 주는 게 목표다. 박 기자는 "돈을 하나도 못 벌어도 1년은 월급을 줄 수 있다"고 장담한다. 멤버를 더 늘릴 생각이다. 항상 10명은 있어야 한다고 생각한다.

박상규 기자, 아니 미디어 스타트업 셜록의 박상규 사장은 셜록 기자들에게 이렇게 당부한다. "콘텐츠에만 신경 써라. 돈 벌어 오라는 소리는 안 하겠다. 당신이 어디에서 뭘 하든 신경 쓰지 않는다. 클릭 수만 노리는 의미 없는 기사는 쓰지 마라. 쓸데없는 보고도 하지 마라." 그는 급변하는 언론 환경 속에서도 진실을 보도하고 세상을 바꾸는 저널리즘의 본질은 결코 바뀌지 않을 것이라 믿는다. 그런 믿음 하에 그는 언론의 사회적 기능을 바로세우고 진실을 전하기 위해 누구보다 열심히 노력하고 있나.

스토리펀딩은 창작자의 꿈과 도전을 응원한다. 주변 사람들이 '뭘 믿고 저런 일을 벌이지'라며 걱정해도 후원자들의 응원이 있다면 얼마든지 용기를 낼 수 있다. 후원자만 믿으면 된다. 스토리펀딩은 조건 없이 당신을 응원할 후원자들을 열심히 찾고 있다. 그리고 후원자와 창작자가 서로 믿고 의지할 수 있도록 맺어주고 있다.

박상규 기자는 스토리펀딩 저널리스트 창작자의 롤모델이다. 하지만 박상규 기자의 성공만으로 만족해서는 안 된다. 그의 사례가 성공했다는 것만으로 그쳐서는 안 된다. 이제 제2, 제3의 박상규가 필요하다. 뉴스 콘텐츠로 돈을 벌 수도 있고 좋은 일도 함께할 수 있음을 그가 몸소 보여줬다. 셜록 같은 매체가 10개만 생겨도 우리나라의 미디어 환경은 변할 것이다. 아마 100개가 생기면 전 세계 언론사에 한 획을 그을 수 있을 것이다. 그의 '깡다구'가 더 필요한 이유다. 나는 질기게 그를 계속 괴롭힐 것이다.

 스토리로 10억을 펀딩받은 남자

업무 부적응자 김대리의
'웃픈' 일기

: 박웅서 PD

ㅡ 내 친구 '김대리'는 사회생활이 능숙
하지 않다. 언론사 기자로 사회에 첫발을 내딛었지만 책상에 앉아 시간만
보내는 일을 답답해했다. 기자였을 때를 생각해보면 그녀는 밀림 속의 맹
수였다. 자신은 아니라고 말하지만 결코 숨길 수 없는 왕성한 호기심을
온몸으로, 그리고 "왜죠?"라는 질문으로 내뿜었고 두 눈으로도 항상 '도
대체 왜죠?'라는 의심의 레이저를 방출했다. 그러던 그녀가 날카로운 질
문 던지기를 접고 일반 기업으로 이직해서 평범한 직장인이 됐다. 그곳
에서 지낸 지 1년, 그녀는 스스로를 '업무 부적응자'라고 불렀다. 1년이면
적응이 되어 지낼 만하지 않을까?

사원 단계를 거치지 않고 대리로 직장 생활을 시작한 그녀에게 우리
나라 기업의 조직문화는 이해할 수 없는 것투성이였다. 하지만 아무리 이

해되지 않는 조직문화라도 직장 상사에게 물어서는 안 된다는 것을 그녀는 잘 알고 있었다. 사람은 쉽게 변하지 않는 법. 그녀가 지닌 동물적 본능도 쉽게 사라지지 않았다. 그녀는 직장에서도 기자 시절 되뇌던 물음을 잊지 않았다. 그래서 페이스북에 일기를 쓰기 시작했다. '#김대리일기' 해시태그도 붙였다. 그녀는 이 시대의 평범한 '김대리'들에게 직장 생존법을 묻고 싶었다.

왜죠? 왜입니까? ⁓⁓⁓⁓

김대리의 고민은 모든 직장인이 공감하는 것이므로 편집 없이 직접 옮긴다. 김대리의 일기를 한번 보자.

왜죠? 왜입니까?
회의 때 입 다물고 있지 말고 의견 내라고 닦달하시더니, 의견 내는 순간 다 제 업무가 되는 건 왜입니까? #김대리일기

왜죠? 왜입니까?
일 여러 개 시키신 분이 누군데 하나에 집중을 못 하냐고 꾸중하시는 건 왜입니까? 그래서 며칠 야근해서 다 잘 끝냈는데 평가가 왜 그렇게 야박하신 거죠? 김대리2를 데려와서 분담이라도 해야 할까요? #김대리일기

왜죠? 왜입니까?

저녁 6시에 "다들 오늘 수고했어. 일 없으면 일찍 퇴근해. 내일 아침 9시 30분에 회의할 건데 준비는 다 됐지?" 하시는 이유는? BBBBBig 엿(오 들오들) #김대리일기

대부분의 직장인이라면 뭘 이런 걸 묻느냐고, 회사가 시키면 무조건 하는 거고 제때 하지 못하면 무능하다는 평가가 당연하지 않느냐고 말할 것이다. 이렇듯 우리 조직문화에서는 아무런 문제가 되지 않고 직장인이 라면 당연히 받아들여야 하는 일들이 김대리에게는 유독 어려웠다. 그래 서 계속 질문을 던졌다. "이 사회에 불시착한 듯한 느낌이 드는 저, 정상 인가요?"

어느 순간, 허공에 울리지도 않을 듯한 메아리 같던 질문에 대답이 돌아왔다. 댓글이 늘어나기 시작한 것이다.

왜죠? 왜입니까?

맡은 일 감안해서 퇴근 시간도 스스로 조정하라시더니 왜 저녁 6시 30 분에 "자, 밥 먹으러 가자" 하시는 거죠? 강제 야근인 건가요……? 언행 일치 좀……. #김대리일기

→ 저녁 먹으러 가자는 말 정말 싫어요.

→ 상사가 이 글을 보면 어떻게 되나요?

왜죠? 왜입니까?

일찍 출근하면 빨리 일하고 야근 없이 집에 갈 수 있느냐는 질문에 "아니요, 일찍 나온다고 일찍 가는 건 아닙니다. 시스템이 그렇지 않아요"라고 당연스레 말하게 된 이유는 무엇입니까? 어느새 길들여진 건가요, 포기한 건가요? 점점 당연하지 않은 게 당연해지고 있는 겨울 초입. #김대리일기

→ 김대리일기에 격하게 공감하는 이대리입니다.

→ 부조리하다. 부조리하다.

→ 부하 직원에게 칼퇴하라고 하면 부하 직원이 빅엿을 먹으니 ㅜㅜ

→ 그냥 가버리면 결국 포기하게 됩니다. 대신 맡은 일은 완벽하게 하는 조건으로 ^^ 작은 조직일수록 어려운 게 더 많죠. ㅋㅋㅋ - 겁나 오래전 한대리 드림

왜죠? 왜입니까?

다짜고짜 시간 있지라뇨? 월요일부터 왜 때문에 회식……. 컹컹 #김대리일기

→ 매주 월요일 회식인 1인 여기 있어요.

→ 피할 수 없으면 즐겨라. 하루이틀이 아니라 문제겠죠.

→ 월, 금은 회식하지 말아야 해.

→ 월요일 회식이라……. 다 싫다는데, 굳이 돈 쓰는 이유는 뭘까, 이해 불가.

→ 나도 회식이었삼……. 좀 일찍이라도 끝나지……. 고생했겠고 편한 밤 보내기를.

→ 난 저번에 가방 메고 딱 퇴근하려고 일어났는데 회식, 금요일에.

직장이 정말 그런 걸까? ~~~~~

김대리의 일기에는 처음에는 공감하는 댓글이 많았다. 그러다 댓글이 늘어나면서 이제는 많은 직장인들이 김대리의 일기 밑에 스스로 질문을 하기 시작했다. 너무 오랫동안 "직장이란, 직장인이란 원래 그런 거야"라고 당연시하면서 부당한 지시에 화를 내고 피곤해하기보다는 빨리 적응하여 무뎌지는 것을 목표로 삼았던 수많은 직장인들이 "그러게, 왜 그동안 그게 당연하다고 생각했지?"라는 의문을 던지기 시작한 것이다.

질문은 변화의 불씨를 당겼다. 작은 변화는 일상에 활력소가 되었다. 이 시대의 또 다른 김대리들이 서로 모여들면서 '#김대리일기' 페이스북 친구 신청도 줄을 이었다.

내가 먼저 스토리펀딩을 제안했다. 김대리일기는 조직과 대립하고 상사와 싸우자는 주장을 담은 것이 아니었다. 말 그대로 '웃픈' 공감이 김대리일기의 매력이었다. 김대리는 사실 업무 부적응자는 아니다. 김대리는 오직 생존하고 싶을 뿐인 직장인들의 마음을 담아 담벼락에라도 끼적이면서 사회생활을 버텨왔을 뿐이다. 그 끼적거림에 직장 생활은 원래 그렇다는 단단한 벽 앞에서 불만조차 꺼내지 못했던 직장인들이 시원함을 느꼈던 것이다.

김대리가 SNS에 썼던 일기를 바탕글로 하여 더 많은 직장인들에게 공감받을 수 있는 것들을 끄집어내 정제된 콘텐츠로 재가공했다. 그리고 후원금으로 치킨과 맥주를 사기로 했다. 지금도 어디선가 야근에 찌들어 있을 수많은 김대리들을 한데 모아 위로하고 리얼한 직장 이야기를 '터는' 치맥 파티를 개최하기로 한 것이다. 후원자에게는 파티에 참여해 치맥과 뒷담화를 즐길 수 있는 무제한 초대권이 주어졌다.

일개 사원 한 명이 회사를 바꾸지 못한다는 것이 통념이다. 하지만 김대리 한 명이 "왜죠?"라는 질문을 시작하자 세상 어딘가가 살짝 꿈틀대기 시작했다. 그리고 스토리펀딩을 통해 김대리들이 여럿 모였다. 회사를, 아니 세상을 바꿀 수도 있지 않을까. 감히 꿈꾸어봤다.

 업무 부적응자 김대리의 '웃픈' 일기

두 청춘의
의미 있는 도전

—   2013년 여름, 독일의 기자 리자 알
트마이어(Lisa Altmeier)와 슈테피 피츠(Steffi Fetz)가 브라질로 갔다. 그들
의 미션은 6월부터 8월까지 3개월 동안 브라질을 취재하는 것이었다. 당
시 브라질은 전 세계적인 이벤트를 두 개나 개최할 예정이었다. 2014년
브라질 월드컵에 이어 2016년 리우데자네이루 올림픽까지 지구촌 대축
제나 다름없는 행사들이 2년 간격으로 열릴 예정이었으니 기자들로서는
충분히 취재할 만한 나라였다.

　　데스크에서 정확히 어떤 취재 미션을 주었는지 알 수는 없지만 이 기
자들은 그 미션이 재미가 없었던 모양이다. 그들은 모두가 재미있어 하고
궁금해할 만한 것들을 취재하고 싶었다. 그래서 블로그를 통해 독자들에
게 무엇을 취재했으면 하는지를 물었다.

독자도 참여할 수 있는 저널리즘? ～～～

독자들은 브라질의 해변이나 공사 진행도를 궁금해하지 않았다. 오히려 두 개의 큰 행사가 학교와 빈민가에 일으킨 변화를 궁금해했다. 기자들은 SNS를 통해 어느 지역에서 어떤 내용을 취재할지 의견을 받았다. 그들은 데스크가 원하는 아이템 대신 독자들이 원하는 주제를 취재했다.

이 프로젝트의 이름은 '크라우드'와 '특파원'의 합성어인 '크라우드 스판던튼(Crowdspondenten)'. 젊은 기자들의 항명은 독자에게 의견을 받고 함께 취재한다는 크라우드 소싱 저널리즘의 출발점이 됐다.

그런데 크라우드 소싱 저널리즘에는 먼저 전제가 필요하다. 인터넷으로 연결된 독자가 기자만큼의 정보력과 깊이 있는 분석력을 갖춘 상태여야 한다. 그래야 독자는 기자의 취재를 체크하고 궁금한 것들을 물을 수 있다. 기자 역시 독단적으로 취재하고 독자에게 전달하는 일방향에서 벗어나 독자의 피드백을 받아 더욱 적극적으로 취재할 수 있다. 사실 이렇게 되면 독자와 기자 사이의 벽이 무너진다. 벽이 무너지면 쌍방향 소통도 가능해진다.

이 사례를 언론 보도를 통해 접했을 때 이런 참여 저널리즘의 사례를 스토리펀딩을 통해 만들어보고 싶었다. 특히 청년들의 문제를 그들의 아이디어와 통찰력을 모아 스스로 해결해보는 프로젝트를 상상했다.

너무 이른 세상에 온 미스핏츠 〰〰〰

2015년 미스핏츠라는 20대 대안 언론이 세간의 주목을 받았다. 20대의 문제를 20대의 언어로 풀어내는 뉴미디어였다. 미디어라고 하면 신문이나 방송을 생각하겠지만 미스핏츠는 달랐다. SNS를 기반으로 움직일 뿐, 콘텐츠를 인쇄물로 생산하지는 않았다.

미스핏츠의 기사들은 시의성이 탁월했다. 취업 학원으로 전락한 대학 사회의 민낯과 집이 없어서 원룸이나 반지하를 전전해야 하는 슬픔을 그리면서도 20대들을 위한 담론을 형성하기까지 어느 것 하나 소홀함이 없었다. 20대들이 직접 써내려간 기사들은 생생하면서도 세련된 느낌이 있었다. 어떤 기사든 미스핏츠가 손만 대면 디테일해지고 생명력을 얻는 듯했다.

그래서 뉴스펀딩에 모셔오기 위해 공을 들였다. 그러나 미스핏츠는 막 생긴 신생 매체이고 아직 학생들로 이뤄진 집단이라는 점을 들어 처음에는 고사했다. 하지만 꼭 미스핏츠를 널리 알리고 싶었다. 결국 힘겨운 설득 끝에 프로젝트를 시작할 수 있었다. 미스핏츠의 큰 관심사이자 20~30대 모두의 고민인 청년 주거 문제에 집중하기로 했다.

"어쨌든 살아야 하니까, 집을 구합니다. 겨울엔 집 안에서 패딩을 입어야 하고 화장실의 변기물은 얼지라도, 내 전화가 옆집이나 앞집까지 통화 내용이 들리는 강제 스피커폰이 될지라도, 이렇게 산다고 해서 이렇게 살아도 좋다는 건 아닙니다. 장마 때 물에 잠겨도, 집값이 싸다며 속 없이 웃어도 그렇게 살고 싶은 건 아닙니다. 정부에서 떨어지는 집값을 잡아보겠다고 부동산 정책을 쏟아내도 우리는 '저게 뭔가, 먹는 건가' 하죠. 이번 달 월세 몇 십만 원이 급한 우리에게는 집값 몇 억, 몇 십억은 남 얘기거든요.

'너네만 힘든 것은 아니야. 다른 나라도 똑같아.' 우리가 힘들다고 투덜 대면 이런 대답을 듣습니다. 그래서 우리는 생각했습니다. 우리가 직접 우리의 이야기를, 청춘의 집을 이야기해보자고요. 우리가 어떻게 사는 지, 다른 나라의 청춘들은 어떻게 사는지, 우리와 그들의 청춘은 얼마나 같고 또 얼마나 다른지 알아보기로 했습니다."

'취재가 공짜냐?'라는 물음 ~~~~~

뒤늦은 고백일지 모르겠으나 나도 20대 시절 반지하에 살았다. 세상 어디 에도 반지하 방을 좋아하는 사람은 없다. 나 역시 햇빛이 들지 않아 음침 하고 빨래도 잘 마르지 않는 습한 그곳이 좋아서 살았던 것은 결코 아니 다. 내가 가진 돈이 반지하만을 허용했던 것뿐이다. 어떻게 보면 가진 돈 에 따라 한 층씩 내려오다 반지하까지 '밀려났다'라고 말할 수 있을지도 모른다.

반지하의 생활이 생각보다 힘들었기에 나 역시 청년 주거 문제에 관심이 많았다. 그래서 미스핏츠의 실험에 공감했다. 이 프로젝트는 반드시 되어야 했고, 또 될 것 같았다. 어쩌면 미스핏츠보다 내가 더 간절했을지도 모른다. 최대한 힘이 되어주고 싶었다.

"청춘의 집 프로젝트는 2014년 12월 22일부터 2015년 1월 26일까지 5주의 기간 동안에는 한국 청춘의 집을, 2015년 2월 한 달 동안은 해외 각국의 청춘의 집을 찾아가보고자 합니다. 우리들의 비참한 현실을 곱씹는 징징거림에만 멈추고 싶지 않습니다. 더 넓은 시각으로, 더 다양한 청춘의 주거 현실을 만나 논의의 폭을 넓히고 싶습니다. 청춘의 집을 찾아 청년들이 거리로 나온 홍콩과 대만. 10년 후 한국을 떠올려볼 수 있는 일본. 대안인 듯 대안 아닌 대안 같은 모습이 엿보이는 프랑스와 스페인. 후원금 총액 560만 원이 달성되면 홍콩(1주)과 대만(1주)까지, 1110만 원이 달성되면 홍콩, 대만에서 일본(2주)까지, 2110만 원이 모두 달성되면 홍콩, 대만, 일본에서 프랑스(1주)와 스페인(1주)까지 미스핏츠가 찾아가겠습니다."

미스핏츠의 글은 시원했다. 청년 주거 문제는 한국만의 문제가 아니기에 전 세계를 돌아다니며 어떻게 해결할지 논의의 폭을 넓히겠다는 글은 미스핏츠가 트렌디한 감성을 가진 십난이 아니라 세대를 보는 시선을 지닌 깊이 있는 미디어임을 드러내 보였다. 나는 글을 보며 박수를 치고 미스핏츠의 성공을 예감했지만 결과는 내 예감과 달랐다. 아니 조금 이상했다.

이들의 실험은 총 후원액 344만 원으로 마감했다. 너무 빨리 목표에 달해 최고치를 경신하는 게 아닐까 했던 기대감이 무색해질 정도였다. 344만 원이 적은 액수는 아니었지만 미스핏츠가 계획했던 목표 금액 2110만 원에는 미치지 못했다. 후원액이 적은 것도 속상했지만 더 아프게 다가온 것은 독자의 반응이었다.

'취재가 공짜냐? 일해서 돈 벌어서 취재하라'는 반응뿐만 아니라 '감성팔이', '결국엔 스펙 쌓기'라는 밑도 끝도 없는 댓글들이 이어졌다. 악플은 크게 두 종류였다. 원색적이며 무조건적인 비난 악플, 조목조목 대상을 비판하는 악플이다. 미스핏츠 프로젝트에 달린 악플은 대부분 후자였다. 주거난이라는 세계적 문제는 사라지고 해외여행만 남아 있었다. 그래서 더 아팠다.

취재도 돈이 있어야 할 수 있다 〜〜〜〜

미스핏츠의 글이 올라온 2015년 초는 뉴스펀딩 서비스가 시작된 지 3개월 남짓 되던 때였다. 아직 독자들이 '크라우드 펀딩(불특정 다수에게 재원을 조달해 다양한 프로젝트를 진행하는 방식)'의 개념을 잘 모르던 시기였다. 우리는 '뉴스펀딩은 독자의 후원으로 취재가 이뤄진다'고 계속 알렸다.

'일해서 돈 벌어서 취재하라'는 크라우드 펀딩을 완전히 잘못 이해하고 있는 독자의 주문이었다. 취재엔 돈이 든다. 취재지를 찾아가려면 교통비가 들고 당사자를 만나려면 찻값도 든다. 밥값이 들어가기도 한다. 기자가 누군가를 대신해 어떤 사건을 취재하는 것 자체도 고생스럽기에 당연히 비용이 들어간다.

그래서 부정적인 댓글을 보며 당신이 보는 그 기사는 절대 공짜가 아니라고 말해주고 싶었다. 좋은 기자들이 최저 생계비도 받지 못한 채 취재를 계속하다 결국 기자라는 직업마저 포기하는 일을 종종 보았기에 기분이 씁쓸했다.

결국 미스핏츠의 펀딩은 목표했던 금액에 훨씬 못 미친 채로 끝나 청춘의 집 프로젝트는 대만에 다녀오는 데 그쳤다.

올림픽이 만든 메달의 뒷면을 취재하다 ~~~~~~

2016년 8월 또 다른 청춘이 새로운 도전을 시작했다. 브라질 리우 올림픽이 열리던 시기였다. 기자를 꿈꾸는 강연주 씨가 리우 올림픽을 취재하겠다고 했다. 그녀는 메이저 언론사들이 환영하는 메달리스트들이 아니라 메달권 바깥에서 고생한 선수들의 이야기를 듣고 싶어 했다. 그녀는 인턴 때 모은 월급을 탈탈 털어 리우로 떠났다.

"리우는 '메달리스트'들만의 올림픽이 아닙니다. 메달 하나 없이 한국으로 돌아오는 선수들도 우리의 국가대표입니다. 특히 메달을 받아야만 관심과 지원을 받을 수 있는 비인기종목 선수들 중에 메달 없이 돌아오는 이들이 더 많을 터입니다. 그들에게는 '메달 없어도 돼. 수고했어'라고 보내주는 위로조차 오히려 공허한 울림이자 무심한 한마디일 수도 있습니다. 제가 리우에서 전하는 이야기는 이 지점에서 출발합니다. 저는 예선 날 단 하루와 함께 4년의 노력에 마침표를 찍은 선수들에게 마이크를 건네겠습니다. 그리고 리우로 떠나기 전, 아예 리우행 티켓을 얻지 못해 눈물을 삼킨 비인기종목 선수들도 만나보겠습니다. 어느 누구의 금전적 협조나 스폰서를 받지 않고 펀딩으로만 취재하고 리워드를 준비합니다."

20대다운 날카로운 문제 제기였다. 그녀가 던진 글을 읽으면서 승자들의 축제인 올림픽 이야기가 아니라 운동으로 모인 사람들의 즐거운 만남과 고생담들을 놓치지 않고 들을 수 있겠다는 확신이 들었다. 그러나 나는 미스핏츠 프로젝트를 진행하며 청춘들의 이야기에 호의적이지 않은 세상을 경험했기 때문에 조금 걱정도 됐다. 아니나 다를까. 미스핏츠 프로젝트 이후 1년 6개월이 지난 당시에도 댓글의 반응은 크게 달라지지 않았다. 첫 회부터 악플이 달리기 시작했다.

'스토리펀딩으로 본인의 스펙을 쌓으려고 한다'부터 '왜 스토리펀딩을 통해 취준생 탈출을 하려는 건가'라는 이야기까지 다종다양한 악플이 모였다. '데자뷔'였다. 펀딩도 잘되지 않았다. 또 이렇게 청춘의 도전이 끝나는 줄 알았다.

왜 유독 청년의 도전에 인색할까. 스토리펀딩에 희망을 품고 찾아오는 20대들을 언제나 빈손으로 보낼 수는 없다는 생각에 탄탄하게 준비하기 위해 데이터를 찾아보았다. 안타깝게도 악플 작성자는 대부분 미스핏츠나 강연주 씨와 같은 20대였다. 서로의 도전을 응원해주지 못하는 청년들의 모습을 보며 30대로서 마음 아프고 미안했다.

"저 멘탈 강해요" ~~~~

내 걱정에도 강연주 씨는 의외로 덤덤했다. 악플은 크게 신경 쓰지 않는다고 했다. 그녀는 악플에 상처받는 대신 리우 올림픽 현장을 뛰어다니며 뚜벅뚜벅 취재를 이어나갔다. 그녀는 여자 축구 국가대표, 럭비 국가대표 등 주목받지 못하는 선수들의 이야기를 전했다. 북한 선수와 셀카를 찍어 화제가 되었던 기계체조 국가대표 이은주 선수와의 인터뷰는 독자들의 이목을 끌었다. 매체들이 이은주 선수의 귀여운 외모에만 집중했을 때 강씨는 직접 선수의 목소리를 듣고 기사로 옮겼다.

> "저희 딸과 이름이 같네요. 강연주, 앞으로도 이런 좋은 인터뷰 많이 해주세요. 응원합니다."
>
> — 오이공주 님

"강연주님이 정말 좋은 일 하시는 거예요." - 간다오마 님

댓글의 여론이 달라졌다. 초기 악플들은 순식간에 사라졌다. 부정적 반응에 밀리지 않고 강연주 씨는 자신의 콘텐츠를 보여줬다. 콘텐츠의 힘이 강력하게 다가오자 부정적인 여론은 금세 자취를 감추었다. 그녀는 최종 330만 원을 펀딩받으며 목표의 330퍼센트를 달성했다.

지금도 맞고 그때도 맞았다 〰〰

미스핏츠와 강연주 씨의 도전은 똑같은 청춘의 도전이다. 그런데 왜 다른 결과가 나왔을까? 지금은 맞고 그때는 틀렸나? 아니다. 지금도 맞고 그때도 맞았다. 도전의 방식, 도전의 목표, 도전의 의지, 어느 것 하나 다른 게 없었다.

다만 도전의 시기에만 차이가 있었을 뿐이다. 1년 6개월이라는 시간이 흐르면서 독자들도 '크라우드 펀딩'을 이해하게 되었다. 스토리펀딩에 올라오는 글들이 어떤 과정으로 어떻게 쓰이는지, 그 글들이 결국은 후원자들이 흘리는 땀과 피와 똑같은 괴로움 속에서 만들어진다는 것을 알게 되었다. 스토리펀딩이 '앵벌이'가 아니라는 걸 알아가고 있는 것이다.

이렇게 되기까지 미스핏츠 같은 용기 있는 저널리스트들의 수많은 도전과 좌절이 있었다. 청춘들이 스토리펀딩에서 프로젝트를 진행하며

일구어낸 성과는 그들이 직접 발로 뛰고 몸으로 부딪혀 만들어낸 역사다. 아픈 역사를 딛고 사회가 진보한다. 현실 세상에서 그 역사는 보통 10년 내외다. IT 세상에선 1년 6개월이면 충분하다. 그만큼 빠르다.

여담을 보태자면 도전을 이어나가던 미스핏츠의 조소담 대표는 '닷페이스'라는 미디어 스타트업을 창업했다. 여전히 청년의 목소리를 청년의 방식으로 알리면서 투자를 유치했다. 〈포브스〉지는 닷페이스 조소담 대표를 유리천장을 깨뜨린 아시아 여성 20인으로 선정했다. 아시아의 영향력 있는 30세 이하 리더에도 이름을 올렸다(2017년 6월 20일 조소담 대표의 〈이데일리〉인터뷰 참조).

한편 강연주 씨는 박상규 기자가 운영하는 셜록에 인턴 기자로 영입됐다. 박 기자는 말했다. "이 친구 정말 크게 될 거야." 지금 이 순간에도 강연주 씨는 현장을 누비고 있을 것이다.

지금은 맞고 그때는 틀린 게 아니다. 청춘의 도전은 그때도 맞고 지금도 맞다. 스토리펀딩은 언제나 청춘을 응원한다.

미스핏츠 . '노답청춘' 집 찾아 지구 한 바퀴

강연주 : 우리는 '노메달' 국가대표입니다

곰신 문학상을
아시는지요?

: 이지현 PD

—   '햄버거가 쏟아지는 곰신 문학상' 프
로젝트는 스토리펀딩에서도 아주 특별한 사건이었다.

먼저 우리나라에서 '곰신('고무신'의 줄임말로 군인의 애인을 뜻함)'이 어
떤 존재인지 이해할 필요가 있다. 대한민국의 평범한 남성들은 20대 초
중반에 병역의 의무를 이행한다. 병역의 의무를 이행하는 것도 쉬운 일
이 아니지만, 그들을 기다리는 것도 쉬운 일은 아니다. 그래서 군복무 중
인 남자 친구를 기다리지 못하고 다른 남자 친구를 사귀는, 이른바 '고무
신을 거꾸로 신는' 경우도 많았다. 그런데 곰신이 여자 친구들만 있을까?
아들의 전역을 기다리는 엄마, 동생이나 오빠의 무사 복무를 바라는 가족
들, 남녀 불문하고 친구를 기다리는 마음들 모두 넓은 의미의 곰신이라
할 수 있지 않을까?

군인의 '군' 자도 몰랐던 시절 〜〜〜〜

처음에 국방부가 군인들을 위한 캠페인 '탱큐 솔저스'의 일환으로 프로젝트를 진행하고 싶다는 제안을 해왔을 때만 해도 일이 이렇게 커질 줄은 몰랐다. 뜨거웠던 한여름, 국방부와 카카오의 두 30대 담당자는 용산의 국방부 매점 의자에 앉아 처음으로 머리를 맞댔다.

국방부 쪽에서 말을 꺼냈다. "군인들을 응원할 수 있는 이벤트를 하고 싶어요." 편지가 필요할까? 아니면 군인들의 일상을 소개할까? 나도 말을 꺼냈다. "멀리 떨어져 있는 부모님의 편지들을 전달해줄까요?" 국방부 관계자가 알 듯 모를 듯한 눈치를 보내며 침묵을 지키기에 수습을 위해 한마디를 더 보탰다. "음, 어려운 환경에 있는 군인들의 하루를 소개해줄까요?"

수습할 수 없는 정적이 흘렀다. 이…… 게 아닌가? 싶었다. 하지만 억울했다. 우선 나는 곰신 경력이 전무했다. 게다가 이 시대의 희귀 동물이라 할 수 있는 여중, 여고, 여대 출신이었다. 아버지가 국방부에 계신 것도 아니고 요즘 표현으로 '남자사람친구'가 많은 것도 아니라 나는 '군인'의 '군' 자도 모르는 아이디어만 쏟아내고 있었다. 국방부 쪽의 말로는 군인들이 진짜 원하는 것은 그런 것(?)이 아니었다.

'그럼 도대체 뭔가요? 솔직히 말해주세요!'라고 말하고 싶었지만 참았다. 그쪽도 답이 없어 보였기 때문이다. 처음으로 '나는 왜 단 한 명의 남자 친구도 군대에 보내본 적이 없을까' 하는 자책으로 하루하루를 보냈다.

곰신을 대상으로 문학상 어때? ～～～

프로젝트 진행을 위해 곰신 경험이 있는 친구라도 만나야 하는 건가 싶어 얄팍한 인맥을 뒤적일 무렵 우연히 웹툰을 하나 보게 됐다. '군인과 곰신의 이야기를 그린 웹툰'이었다. 이미 SNS에서 42만 명의 팔로워를 갖고 있는 규찌툰은 실제 남현지, 이규호 커플의 '군인과 곰신' 에피소드를 다루는데 에피소드마다 댓글이 1만 개 가까이 달렸다.

웹툰도 웹툰이었지만 그 밑에 달리는 댓글들이 주옥같았다. 하나의 웹툰이 올라오면 그 아래로 곰신들이 자신의 경험담과 이야기를 마치 손편지를 쓰듯 정성들여 댓글로 달았다. 모두들 하나같이 진지하게 '동료' 곰신들의 이야기에 함께 웃고 울었다.

곰신 경험이 없는 나조차 울며 웃다가 갑자기 아이디어가 떠올랐다. '곰신들을 대상으로 문학상을 해보면 어떨까?' 곰신 하면 여자 친구만 떠올리지만 사실 그렇지 않다. 군대 간 남자 친구는 누군가의 아들이고 동생이기도 하니까.

그렇다면 여자 친구뿐만 아니라 어머니, 누나, 형 등 군인들을 응원하는 곰신들의 감정과 문학성을 폭발시킬 수 있는 판을 열어주면 어떨까. 그렇게 사랑하는 사람들의 간절한 응원이 전달되면, 군복무 중인 군인들에게도 힘이 되지 않을까.

그렇게 프로젝트의 콘셉트가 결정됐다. 문학상 수상자들에게는 애인이 있는 군부대로 햄버거를 배달해주기로 했다. 공정성을 위해 수상 곰신을 뽑아줄 심사위원도 세 명 선정했다. 인터넷에서 짧고 임팩트 있는 시로 유명해진 글배우와 이환천 그리고 최대호가 나섰다. 스토리를 전달해 리워드를 선정하는 방식 대신 하트를 모아야 했다. 하트가 많이 모이면 수상자 수가 두 배로 늘어나므로 하트를 모으는 것이 '미션'이었다.

　당첨률이 높아지는 동시에 햄버거가 보내질 군부대 수도 두 배로 늘어나는 셈이다. 프로젝트가 열리자 하트는 무서운 속도로 늘어났다. 프로젝트 오픈 하루 만에 목표로 했던 하트 200만 개가 모두 채워졌다. 한 달간 모인 응모 작품은 860여 편이었다.

당신의 꿈과 사랑을 표현해주세요 ～～～～

곰신을 대상으로 진행한 이벤트의 폭발력은 상상 그 이상이었다. 곰신이 되어본 적이 없던 나는 이 프로젝트가 곰신들의 간절한 꿈과 사랑을 표현할 수 있는 자리라고 막연히 상상만 했을 뿐, 얼마나 확장될지는 감히 예상조차 못 했다.

　마치 곰신 문학상을 기다린 것처럼 글들이 폭발적으로 올라왔다. 곰신 문학상에 올라오는 글들을 보며 나 역시 여러 모로 반성하게 됐다. 지금껏 나는 군인은 병역의 의무를 이행하는 사람일 뿐, 누군가에게 사랑받는 존재라는 생각을 미처 하지 못했던 것이다. .

　길게 프로젝트를 설명하기보다 작품을 일부 소개하는 게 더 확실할

듯하다.

"2년은 짧지만 우리의 인연은 길다."

- wonderful 님

"그대는 하늘을 지켜주세요. 나는 하늘을 보며 그대를 기다리겠습니다."

- 동방바라기 님

"서로를 사랑하지 않아서 헤어진 게 아니라 서로를 사랑해서 잠깐 헤어진 것에 감사해."

- 해피투게더 님

하트로 세상을 따뜻하게! ~~~~~

곰신 문학상에 대한 폭발적인 반응에 국방부도 놀랐는지, 두 번째 프로젝트를 진행하기로 했다. 이번에는 신체적, 경제적 이유로 단 한 번도 군복무 중인 가족을 면회하지 못한 가족들의 여행을 지원하는 것이 목표였다.

두 번째 프로젝트에서 사용자들의 '하트 액션'은 가족들의 꿈을 이루어주고, 세상을 조금 더 따뜻하게 바꾸는 일에 도움이 되었다. 누군가의 딸과 아들을 위해 150만 개 이상의 하트가 눌러졌다. 이미 제대한 아들을 둔 어머니가, 입대를 앞둔 아들을 둔 아버지가, 오래전에 전역하여 이제는 자식을 키우는 누군가가 '하트 후원자'였다.

지금도 누군가의 간절한 소망을 이루어주는 하트펀딩에서는 세상에서 가장 열정적인 하트, 가장 따뜻한 하트가 하루에도 수만 개씩 늘어나고 있다. 물론 지갑을 여는 것과는 다르지만 꿈을 꾸는 사람을 위해 마음을 연다는 본질만은 하나다. 그런 따뜻한 마음으로 하트펀딩은 오늘도 열심히 부지런히 하트를 세상에 퍼 나르고 있다.

어쩌면 우리나라의 독특한 팬덤 문화는 '곰신의 열정'에서 시작되지 않았을까? 〈프로듀스 101〉의 열풍으로 '국민 프로듀서' 이모들이 워너원을 키워내기 10년 전에 이미 흰색 풍선을 흔들던 '클럽 H.O.T'가 있었다면 그보다 훨씬 이전에 '곰신'이 있었다. 서태지와 듀스에게 보내는 팬레터 훨씬 전부터 '군대로 보내는 손편지'가 있었고 심신과 변진섭을 향한 기다림 훨씬 전부터 '곰신들의 기다림'이 있었다. 스타와 남자 친구라는 차이가 있지만 '누군가' 한 사람에 대한 무한 애정을 보인다는 것, 그것을 숨기지 않고 온몸을 다해 표현한다는 것은 어쩌면 우리나라만의 공통된 곰신 DNA에서 비롯된 것일 수도 있다. 그 DNA의 힘을 확인시켜준 것이 곰신 문학상 프로젝트였다.

 곰신 문학상을 아시는지요?

2장

나는 의심한다.
고로 실험하고 싶다

금강에
요정이 살고 있어요

—   나의 첫 직장은 〈오마이뉴스〉다. 기
자로 활동하면서 내 이름을 걸고 기사도 썼지만 편집부에서는 남의 이름
이 걸린 기사를 편집하는 업무도 했다. 〈오마이뉴스〉는 '모든 시민은 기
자다'라는 모토로 기자라는 직업의 문호를 개방하여 2000년대 초 센세이
션을 일으켰던 매체다. '시민기자'라는 말도 〈오마이뉴스〉 덕분에 생겨났
다. 시민기자의 활성화는 세계 최초의 시도로서 글로벌 미디어의 큰 주목
을 받기도 했다.

　〈오마이뉴스〉 덕분에 만들어진 '시민기자 저널리즘'이라는 말은 '누
구나 기자가 될 수 있다'는 뜻인 동시에 기자의 정보 독점 권력을 내려놓
는다는 의미이기도 하다. 호기심 많았던 나는 시민기자 저널리즘이 어떻
게 구현되는지 본진에서 직접 체험해보고 싶었다. 그래서 시민기자 편집

부에 자원했다. 시민기자 편집부는 시민기자들의 기사를 편집하고 조직화하고 직업 기자가 아닌 분들에게 취재 지원을 해주는 부서다.

처음에는 재밌었다. 의욕이 넘쳐서 이것저것 시도해봤다. 마음이 맞는 시민기자단을 조직해 다양한 영역의 기사 아이템을 함께 기획하기도 했다. 그러나 즐거움도 잠시, 시간이 흐르면서 어려움을 느끼게 됐다. 사람을 대하는 일이 참 힘들다는 것을 느꼈다. 시민기자는 각 분야의 전문가들이 대부분이라 내 의견을 전달하고 설득하는 일에 애를 먹은 적도 많았다.

사람에게 어려움은 가끔 도움이 되기도 한다. 역설적으로 덕분에 나는 많이 성장했다. 시민기자와 의견 조율을 하면서 설득의 기술을 익혔다. 전문가들과 협업하는 방식도 익혔다. 몇몇 시민기자들은 기자로서 혹은 전문가로서 압도적인 기량을 자랑하곤 했다. 그중 한 분이 바로 김종술 시민기자다. 그는 시민기자 중에서 가장 압도적인 전문가였다. 기억 속에 그렇게 남아 있던 그를 어느 날 스토리펀딩에서 다시 만나게 됐다.

'금강의 요정', 김종술 〰〰〰〰〰

중년의 아저씨가 요정이 될 수 있을까? 요정 하면 떠오르는 작고 빌릴한 이미지와 비교하면 '금강의 요정'이라 불리는 김종술 기자는 솔직히 요정보다 야인이라는 별명이 어울렸다. 그래도 여전히 질문은 남는다. 어쩌다 김종술 기자는 '요정'이 되었을까? 그가 걸어온 길을 되짚어보면 그 별명이 그리 무리는 아님을 알 수 있다.

김종술 기자는 매일 금강에 출근해 지금까지 1000여 편의 기사를 써온 시민기자다. 그가 기사를 쓰는 이유는 오직 금강 때문이다. 그가 사랑하는 금강이 4대강 사업 이후 바뀌어가는 모습을 보면서 적극적으로 세상에 알리고 싶다는 생각에 금강의 붙박이 기자가 되었다. 김종술 기자는 어쩌다 현장에 출동해 기사를 쓰는 기자가 아니었다. 자신의 모든 것을 금강에 걸고 기사를 쓰는 기자였다.

금강의 현실을 알리고 어떻게든 변화를 만들고 싶어 하는 진심이 기사만 봐도 느껴졌다. 기자의 진심은 독자들에게도 고스란히 전해졌다. "김종술 기자님을 돕고 싶은데 방법이 없을까요" "이 시대의 참 기자다. 내가 하고 싶은 일을 대신 해주고 있다." 독자들은 〈오마이뉴스〉 기사를 보고 너무 감명을 받았다며 펀딩이 시작되면 꼭 돕고 싶다는 댓글을 달았다.

마침내 김종술 기자가 시민기자로 활동하는 〈오마이뉴스〉를 통해 제안이 들어왔다. 시민기자로 활동 중인 김종술 기자는 회당 3만~5만 원의 원고료를 받고 있었다. 그 금액은 너무 적어서 생계를 해결해줄 정도는 아니었다. 김종술 기자의 삶은 내가 생각했던 것보다 피폐해져 있었다. 금강도, 금강을 취재하는 기자도 모두가 지치고 아파하고 있었다. 처음 펀딩 제안이 들어왔을 때만 해도 금강요정이라 불릴 만큼 열심히 뛰고 있는 기자의 진심을 과연 제대로 담아낼 수 있을지를 고민했었지만 금강과 금강요정의 실상을 보고는 더 이상의 고민 없이 바로 프로젝트를 시작했다.

'괴물'을 먹다 〜〜〜

4대강 사업은 원래 대운하 사업으로 계획되었다가 수많은 환경단체와 전문가들의 반발로 무산되었다. 그러나 치수가 곧 국정운영이라고 생각하던 당시 대통령 때문에 대운하 사업은 4대강 사업으로 바뀌었다. 모래를 파고 물을 가두기를 반복했다.

이렇게 내버려둬도 되는 것일까? 모두 궁금해했다. 그 결과가 정말 우리 삶을 나아지게 했는지에 대한 물음은 차치하더라도 환경 문제는 없었는지를 모두가 근심 어린 눈으로 지켜보았다. 거울처럼 하늘을 파랗게 비추어내던 강물 대신 진초록빛의 녹조가 서식하는 모습을 TV에서 드문드문 보긴 했지만 강 생태계가 얼마나 파괴되었는지 알지 못했다. 4대강 사업이 끝난 후 김종술 기자가 본 금강은 전쟁터는 아니었다. 그러나 이곳에서 생태계가 유지될지 의심스러울 만큼 참혹해진 상태였다.

그는 먼저 4대강 사업으로 인한 환경 문제가 생태계 붕괴로 나타나기 시작했음을 보여줬다. 금강을 취재하다가 누구도 본 적도 없고 들은 적도 없는 큰빗이끼벌레를 최초로 발견한 사람이 바로 김종술 기자다. 그는 4대강이 만든 '괴물'의 정체를 알아보기 위해 벌레를 손가락 한 마디 정도 삼키기까지 했다.

당시 큰빗이끼벌레를 발견하고 기사를 올리자 언론은 환경에 영향이 없다고 보도했다. 정말 방송에서 말하는 대로 아무런 영향을 미치지 않는지 몸으로 직접 증명하기 위해 김 기자가 직접 섭취한 큰빗이끼벌레는 생각보다 강력했다. 온몸에 두드러기가 나고 두통에 시달리는 후유증까지 나타났다. 그의 기사를 전달받아 다음 메인에 이 벌레의 사진을 올리자 독자들도 격렬하게 반응했다. 심지어 너무 흉측하니 사진을 메인에서 내려달라는 항의 전화까지 왔다.

물고기들이 죽는데, 원인을 알 수 없다? ～～～

2012년 10월 20일 여느 때처럼 강둑을 걸으며 취재를 하던 김 기자는 강변에서 썩은 냄새를 맡았다. 그는 썩은 냄새의 근원을 찾기 위해 삽도 없이 손가락으로 강변을 파기 시작했다. 그가 헤집은 강변 밑에서 죽은 물고기들이 하나씩 발견됐다. 한두 마리가 아니었다. 상당히 많은 물고기들이 묻혀 있었다. 하지만 썩은 냄새는 그곳에서만 나는 것이 아니었다.

김종술 기자는 다른 곳을 파기 시작했다. 역시나 물고기 사체들이 묻혀 있었다. 설마 이곳은 아니겠지 하는 마음으로 강변을 팔 때마다 이미 부패가 진행된 물고기, 묻힌 지 얼마 되지 않은 물고기들이 쏟아져 나왔다. 어떤 곳은 9마리가, 어떤 곳은 30마리가 뭉텅이로 엉켜 있었다. 김 기자는 마대를 구해 물고기들을 담기 시작했다. 마대 하나가 곧 30개로 늘었다.

모든 물고기들이 손가락으로 파면 바로 보일 만큼 얇게 묻혀 있었다. 이런 일관성은 자연의 소행이라기보다 인간의 짓에 가까웠다. 김종술 기자는 생명에 대한 만행을 그대로 두고 볼 수가 없었다. 바로 기사로 정리해 송고했다.

기사가 올라간 이후 지자체 공무원들이 금강으로 몰려들었다. 김 기자가 물고기를 모아둔 마대는 환경부에서 이미 감춰둔 상태였다. 국가사업이 난개발로 이어지지 않도록 환경적 관점을 고려하라고 설치한 환경부는 4대강 사업이 가져온 파괴적인 죽음을 어떻게든 은폐하기에 바빴다.

그뿐만이 아니라 공무원들은 거기 묻혀 있던 엄청난 크기의 메기를 보고는 "매운탕을 끓이면 동네 사람들이 다 먹겠네"라며 자기들끼리 킬킬거렸다. 그리고 김 기자가 사진을 찍으려고 하면 귀찮다는 표정을 감추지 않았다.

김종술 기자뿐만 아니라 중앙지 기자들이 이 사건을 다루자 환경부에서 조사를 시작했다. 결과는 우리가 모두 잘 알고 있듯 간단했다. '원인불명.'

어디까지 견뎌야 할까? ～～～

여기까지 읽었다면 김종술 기자가 사회의 치부를 드러내고 큰 상이라도 받았을 거라는 생각이 들지도 모르겠다. 하지만 현실은 그렇지 않았다. 물고기들이 떼죽음당한 것을 직접 보고도 막지 못했다는 괴로움이 김 기자의 마음을 갉아먹기 시작했다. 처참한 현장을 자꾸 접하다 보니 악몽에 시달리다가 끝내 정신과 치료를 받아야 했다.

이뿐만이 아니었다. 김종술 기자는 원래 잘나가는 지역신문사 대표 기자였다. 기자를 포함해 직원도 있던 그 지역에서는 꽤 큰 신문사였다. 그런데 4대강 비판 기사를 쓰면서 광고주들의 압박이 시작됐다. 줄줄이 광고도 빠졌다. 그는 주눅 들지 않았지만 결국 광고국은 폐쇄해야 했다. 그는 직원들 앞에 통장을 내놓고 이렇게 말했다.

"4대강 기사는 계속 씁니다. 신문사 문을 닫더라도 4대강 펜은 놓지 않겠습니다. 힘들게 해서 죄송합니다."

4대강 취재를 빌미로 한 광고주들의 압박은 생각보다 끈질겼다. 그의 통장 잔고는 금세 바닥났다. 결국 신문사도 넘어갔다. 그는 지역신문 대표 기자에서 빈털터리 백수 기자가 됐다. 김밥으로 끼니를 때우고, 그래도 배가 고프면 생수를 들이켜며 취재를 계속했다. 어느 날은 상한 빵을 먹고 배탈이 나서 혼자 풀밭에 나뒹굴기도 했다.

4대강 사업의 현재를 알리고 더는 난개발로 인한 피해가 없도록 고군분투했던 기자는 이제 기사를 생산하기 어려운 상황으로 내몰렸다. 이대로 김종술 기자를 내버려둘 수는 없다는 다른 기자들의 글이 올라왔다. 그중 가장 독자들의 마음을 움직였던 것은 〈한겨레〉 전진식 기자의 글이었다.

"최근 들어서도 그의 궁핍이 개선되지 않고 있다는 것을 나는 잘 안다. 오히려 상황은 더 악화되었다. 그가 매일 밤마다 아무도 없는 빈 방에 홀로 앉아 한숨과 회한, 불안과 분노가 뒤섞인 시간을 보낸다는 것을 나는 잘 안다. 날마다 아파트 월세를 걱정하고, 날마다 자동차 기름값을 걱정하고, 날마다 망가지는 금강을 걱정한다는 것을 나는 잘 안다.

나는 시민기자 김종술을 진정 아낀다면 그에게 백 마디 말 못지않게 1만 원짜리 한 장 또한 소중하다는 것도 잘 안다. 나는 '돈이 웬수'라는 말을 잘 안다. 그도 이 말을 잘 안다. 더 많은 사람들이 십시일반 도와준다면 그는 (조금 늦었을지언정) 사슴 같은 눈으로, 삿된 마음 하나 없이, 오직 강을 위해서 날마다 성실하게 기자 일을 해내리라는 것을 나는 잘 안다."

— 〈개고생 취재 나선 '금강요정' 김종술〉 6화에서

금강 요정을 잃지 않기 위하여 ~~~~

보도의 본질은 비판과 감시다. 비판과 감시가 일회성에 그치면 큰 파급력이 없다. 지속 가능해야 한다. 지속 가능하려면 경제적인 지원이 뒷받침돼야 한다. 금강에 대해 끈질기게 취재해온 김종술 기자는 경제적 지원이 없어 결국 기자 생활을 이어가지 못할 정도로 '파산'했다.

스토리펀딩이 어떤 역할을 할 수 있을지, 프로젝트를 기획하고 진행하는 입장에서 항상 고민할 수밖에 없다. 김종술 기자를 지원하는 프로젝트를 진행하면서 우리가 이제까지 접하던 매체에서 '기자의 보도 – 독자의 수용'이라는 메커니즘만으로는 한계가 있음을 느꼈다.

김종술 기자의 사례에서 보듯 독자의 수용이 있더라도 그것이 생계를 유지할 만한 피드백으로 이어지지 않는다면 더 좋은 기사, 다시 말해 권력에 더 날카로운 기사는 점점 사라질 것이 분명하니 말이다. 스토리펀딩은 일방향적인 '기자의 보도 – 독자의 수용' 메커니즘에서 한 발 더 나아가 솔루션으로 이어지는 중요한 기능을 한다. 기자가 쓰고 독자가 알리면서 당면한 문제를 함께 해결해가는 것이다. 스토리펀딩을 다르게 말하면 '솔루션 저널리즘'이라고도 할 수 있다.

> "전에도 기사를 읽었는데 구체적으로 도울 방법을 찾기 전에 그냥 잊어버렸습니다. 오늘 다시 마주하게 되니 반갑고, 또 고맙고, 또 잊어버렸던 것이 죄송합니다. 기자의 본분이 무엇인지, 몸으로 보여주며 사명감으로 자리를 지키는 김종술 기자를 진심으로 응원합니다. 잊지 않겠습니다."
>
> – bongbong 님

김종술 기자는 3849명에게 8527만 원을 후원받았다. 일상에 흔들리지 않고 금강을 취재하기 위한 귀한 자금을 확보했다. 금강요정 아니랄까봐 그는 후원받은 돈으로 투명 카약을 샀다. 더 깊숙한 곳까지 들어가서 금강의 실태를 알리고 싶다는 그의 강력한 의지였다.

후원자 대부분은 아름다웠던 금강을 기억한다. 그들은 새벽이면 물안개가 피어오르던 고즈넉한 금강의 모습을 그리워한다. 우리가 떠올리는 아름다운 금강의 모습을 다시 회복할 수 있기를 바라며, 그러기 위해 무엇이 필요한지를 알고 싶어 한다. 아마 많은 후원자들이 김종술 기자가 그 역할을 대신 해주길 바라는 마음에 하나둘 정성을 모았을 것이다.

열정 페이와 재능 기부에는 한계가 있다. 콘텐츠 생태계에서 저임금 혹은 무보수만큼 사람을 피폐하게 만드는 것은 없다. 더 좋은 콘텐츠를 더 많이 알리기 위해서라도 돈이 필요하다는 사실을 사람들에게 분명히 알려야 한다. 돈을 받는 것은 부끄러운 일이 아니다. 당당한 요구다. 스토리펀딩에선 그 요구를 떳떳하게 할 수 있다. 당신은 그럴 자격이 있다.

금강에 요정이 살고 있어요

"그럴 땐
나를 생각해!"

—   초면인 남자 둘이 홍대 앞의 일식집
에 마주 앉았다. 둘만 만나려고 했던 것은 아니다. 주선자가 점심때 삼겹
살을 먹다가 물렁뼈를 씹어서 어금니가 깨졌다고, 그래서 나올 수가 없다
고 갑작스럽게 통보해왔다. 내가 그와 나란히 앉는 순간 어색한 정적이
흘렀다.

중간에서 연결고리를 해줄 사람이 없으니, 우리는 서로가 어떤 사람
인지조차 모르는 상황이었다. 나는 할 말이 없어서 어금니가 깨졌다는 주
선자의 이야기를 꺼냈다. "요즘 얼마나 살림살이가 나아졌으면 점심때
삼겹살을 먹겠어요? 보통 점심때는 삼겹살집에 가서도 김치찌개를 먹지
않나요? 참 부럽네요."

그는 내 무리한 이야기에 대답하지 않았다. 상황은 더욱 어색해졌다.

마침내 그가 먼저 입을 열었다. "저는 처음 뵙는 분과 나눌 이야기가 없을 때는 그냥 제가 살아온 이야기를 해요. 먼저 제 얘기를 해도 될까요?"

조용한 말투만큼이나 예의 바른 제안이었다. 처음 만나는 사람에게 자신의 이야기를 하겠다면서 조심스럽게 말을 꺼내는 경우는 흔하지 않다. 보통은 '내가 왕년에 말이야'라면서 이른바 '기싸움'을 벌이며 호방하게 이야기를 시작하기 마련이다.

그런데 그는 달랐다. 부드럽고 조곤조곤하게 말을 이어갔다. 대학 시절의 이야기부터 아내를 만난 이야기, 아이를 키우는 이야기, 지금 쓰는 세 편의 칼럼이 생각보다 돈이 안 된다는 이야기까지 시시콜콜한 이야기지만 나는 금세 빠져들었다. 마음의 장벽을 먼저 허물어뜨린 그의 이야기를 듣고 있으려니 그가 처음 만난 사람이라기보다 원래 알고 지냈던 사람 같은 친밀감이 느껴졌다. 그가 물었다. "혹시 이브 좋아하세요?"

이브라면 1990년대 말의 비주얼 록 그룹이다. 〈너 그럴 때면〉, 〈아가페〉 등의 명곡을 남겼다. 그 시절, 노래방에 가면 우린 모두 이브의 노래를 불렀다. 갑자기 그가 이브의 노래를 한 소절 불렀고 나도 자연스레 따라 불렀다.

한 곡이 미처 끝나기도 전에 우리는 일식집에서 쫓겨났다. 조용하고 순하면서도 일식집에서 느닷없이 이브의 노래를 불러대는 그는《나는 지방대 시간강사다》,《대리사회》등의 책을 쓴 김민섭 작가다. 김민섭 작가의 인생 이야기와 이브의 노래 덕분에 우린 금세 '한통속'이 됐다. 김 작가에겐 자신의 이야기를 조곤조곤 담담하게 말하는 능력이 있다. 그는 듣는 이를 빠져들게 한다. 공감하게 한다. 묘한 매력이다.

'지방시'입니다만 〰〰〰

이 특별한 능력은 김민섭이라는 새로운 '르포 작가 브랜드'를 만들었다. 많은 르포 작가들이 사실을 있는 그대로 전하려고 노력한다. 그러다 보면 현장감은 느껴지지만 인간미는 떨어진다.

그러나 김민섭 작가의 글에는 인간미가 있다. 책 안의 글이 살아 숨 쉬는 것처럼 느껴진다. 글을 쓰기 위한 체험이 아니라 '먹고살기 위한 체험'이라 그런지, 글이 바로 나의 이야기처럼 생생하게 다가온다. 그게 비록 달콤하기보다 쓸쓸한 맛에 가깝지만 말이다.

> "저는 강단에서는 '허울 좋은 젊은 교수님'이지만 실상은 노동자로 규정되지도 못하는 4개월짜리 계약직 강사일 뿐입니다. 생업인 강의와 연구로는 도저히 생계를 유지할 수 없습니다. 연봉 1000만 원 남짓에 4대 보험조차 보장받지 못하는 저와 같은 처지의 시간강사들이 오늘도 대학 강의의 절반을 책임지고 있습니다. 그렇게 학생들은 스스로 노동자로서, 사회인으로서 자기 존엄성을 지니지도 못하는 존재와 강의실에서 마주합니다."

김 작가는 4대 보험을 보장받기 위해 맥도널드의 아르바이트로 취직했다. 학교에서는 '교수님'으로 불리지만 대학은 시간강사에게 4대 보험을 적용해주지 않는다. 그는 아이의 건강보험을 위해 맥도널드에서 아르바이트를 해야 하는 아이러니한 상황을 이야기했다.

강의실에서 교수님으로 불리던 김 작가는 맥도널드에서 만난 학생들을 고객님이라는 명칭으로 깍듯이 불러야 했다. 그래도 교수로 불리는 비정규직 시간강사보다 맥도널드 아르바이트가 더 인간다운 대우를 받았다.

시간강사들의 열악한 처우는 어제오늘의 이야기는 아니었다. 2000년대 초부터 시간강사들의 노동이 제대로 대우받지 못하면서 한국비정규직교수노조부터 시간강사법까지 다양한 투쟁들이 이어졌다. 그러나 그들의 삶이 현실적으로 얼마나 열악한지 아무도 알지 못했다.

김 작가가 연재한 '나는 지방대 시간강사다'라는 제목의 글은 교수로 불리는 대학 내 강사들이 생활고를 해결하지 못해 아르바이트까지 해야 하는 현실을 선명하게 보여줬다. 그의 글은 페이스북 등 SNS를 통해 널리 퍼졌고 많은 사람들에게 읽혔다. 이 사회, 특히 대학 사회의 모순에 많은 사람들이 공감했다. 줄여서 '지방시'라는 별칭도 생겼다.

프랑스의 명품 브랜드 이름과 같은 지방시를 풀어 쓰면 '4대 보험도 보장받지 못하는 지방대 시간강사'라는 뜻이다. 딱 맞은 말이었다. 스토리펀딩에서도 많은 후원자들이 '지방시'의 글과 상황에 공감했디. 1600만 원의 펀딩을 받았다. 김 작가는 대부분의 펀딩 금액을 후원자들에게 책을 보내는 데 썼다. 그리고 남은 돈으로는 아들의 장난감을 사줬다.

우리가 항상 을이라는 착각 ~~~~

맥도널드 아르바이트로 경제 문제가 해결되었다면 좋았을 테지만 아이를 키우기 위해선 더 많은 돈이 필요했다. 그래서 그는 낮에는 강의와 아르바이트를 하고 밤에는 대리기사로 일했다. 대리기사로 살아가는 이야기를 담은 《대리사회》는 그의 새로운 도전이었다. 잠입취재기가 아니라 말 그대로 생계를 위한 도전이다. 흔히 '할 일이 없으면 대리운전이나 하지 뭐'라는 말을 한다. 20대 내내 청춘을 바친 대학에서 나온 김민섭 작가가 할 수 있는 일은 정말 대리운전뿐이었다.

연락을 받으면 어디로든 달려가고 타인의 운전석에서 온갖 모욕을 경험해야 하는 대리기사의 삶 역시 그의 글 안에서 구체적이고 선명하게 다가왔다. 타인의 운전석에 앉은 그는 상황의 모순을 얘기하는 것에서 멈추지 않았다. 대리기사를 통해 우리 모두에게 있는 '갑의 모순'에 대해 이야기했다.

지방대 시간강사의 열악한 처우에 관한 글에서 '그래도 저 사람은 나와는 달리 박사잖아. 지방시 이야기는 저 사람만의 특별한 경험이겠지'라고 생각했던 독자들도 대리기사 이야기엔 크게 공감했다. 누구든 대리운전을 한 번씩은 불러본 경험이 있기 때문이다.

"대리운전을 하면서 처음 들었던 말은 '아저씨 언제 와요'라는 짜증 섞인 목소리였다. 나에게는 나의 호칭을 결정할 권한이 없었다. 그리고 그

것이 아직 대학이라는 공간에 젖어 있던 나의 신체를 우악스럽게 현실로 잡아 끌어왔다. 나는 지금 대학이 아닌 거리에, 그리고 세상에 있다. 아저씨에 익숙해져야겠다고 생각하면서 나는 뛰었다."

"'차가 많이 낡았죠' 하고 웃던 그는 차의 '가격'과는 별개로 내가 만난 가장 '품격' 있는 손님이었다. 대리기사와 자신을 함께 주체로 만들었다. 그러한 힘은 상대방의 처지에서 공감하고 또한 경청하는 데서 나온다. 하지만 어떤 이들은 대리기사와 자신을 함께 대리로 격하시킨다. 사람과 사람 사이에 보이지 않는 선을 긋고 하대하지만 결국 자신도 그 밑에 존재하게 됨을 알지 못한다."

그가 겪은 경험담들은 많은 사람의 마음을 흔들었다. 누구나 대리기사를 부를 수 있다면 누구나 '갑'의 위치에 한 번쯤은 서볼 수 있다는 의미이기도 하다. 김 작가의 글은 많은 사람들의 삶을 돌아보게 했다. 심지어 대리기사를 여럿 불러놓고 누가 빨리 오는지 지켜보는 사람도 있었다는 이야기에는 많은 이들이 안타까움을 느끼고 탄식을 내뱉었다. 그런 이들에게 김민섭 작가는 일갈한다. "당신 때문에 누군가는 뛰고 있다."

나도 《대리사회》를 세 번 읽었다. 그의 이야기가 우리 일상에 만연한 '갑질' 문화를 보여주기에 더 세심하게 읽었고, 나 역시 '갑질'에서 자유롭고 당당하게 말할 수 없었기에 더 열심히 읽었다. 그의 글은 나의 행동까지 변화시켰다. 대리운전을 이용할 때면 기사님께 꼭 정중하게 말씀

드린다. "선생님, 내 차라고 생각하시고 편하게 운전해주십시오."

모호한 언어 안에 담긴 폭력을 말하다 〰〰〰

《대리사회》에는 이런 이야기도 나온다. 좁은 공간에 주차를 하던 중 차 주인이 "오라이 오라이"라고 해서 믿고 후진했더니, 사이드 미러가 살짝 긁혀버렸다. 주인이 인상을 찌푸리면서 사이드 미러를 보더니 "조금 긁혔네요"라고 말했다.

이후 별 이야기 없이 차 주인과 헤어졌지만 김민섭 작가는 잠을 이루지 못했다고 한다. '조금이 얼마나 긁힌 걸까? 그냥 넘어갈 수 있는 정도인가? 30만 원을 물어줄 정도인가? 아니면 100만 원?' 김민섭 작가는 수많은 생각이 들었다고 한다. 다행히 이후에 아무런 연락은 없었다. 김민섭 작가는 말한다.

> "갑의 위치에 있는 사람이 '조금' 같은 모호한 언어를 쓰면 안 돼요. 을의 위치에 있는 사람에게 엄청난 폭력이 될 수 있습니다."

이 이야기를 듣고 뒤통수를 한 대 맞은 기분이었다. 그간 내가 갑의 위치에서 모호하게 썼던 표현들이 주마등처럼 스쳐지나갔다. 이후 회사에서 다른 팀원들과 이야기할 때면 최대한 구체적으로 표현하려고 노력한다. 김민섭 작가의 글은 직장에서 후배들을 대하는 나의 태도까지 바꿨다.

김민섭 작가는 《대리사회》로 1800만 원을 후원받았다. 큰돈은 아니었지만 그가 작가로 자립하는 데 도움을 줬다. 세 편의 칼럼이 곧 다섯 편으로 늘어났다. 그의 특별한 경험을 듣고 싶어 하는 사람들이 많아져서 여기저기 강연도 다닌다. 최근에는 군부대와 교도소에도 다녀왔다. '대학의 유령'으로 살고 있는 후배들을 위해 대학 노동자 인권 개선 활동도 하고 있다.

나도 모르게 갑의 위치에서 모호한 이야기를 해놓고는 밑에서 적당히 알아듣기를 바라는 나 자신을 직시하는 순간, 대리운전을 이용하면서 마치 그가 나의 하인인 양 '아저씨'라는 표현이 절로 나오는 순간이면 홍대 일식집에서 부른 이브의 노래와 함께 김민섭 작가가 생각난다. "그럴 땐 나를 생각해!"

그럴 땐 나를 생각해!

매월 135만 원
받으실래요?

—　　　　　　　　　　　인터넷 세상에서는 생각보다 많은
것들이 가능하다. 카카오톡이라는 메신저로 대한민국 전 국민이 하나로
연결됐다. 유튜브라는 플랫폼으로 일반인들이 스튜디오나 고가의 장비
없이 동영상 창작자가 됐다. 페이스북으로 전 세계인이 서로의 소식을 주
고받을 수 있게 됐다.

　'상상만 하던 일을 실제로 옮긴다.' IT쟁이에겐 정말 짜릿한 일이다.
'개발자느님(개발자+하느님 합성어)'과 '디자이너느님(디자이너+하느님)' 그
리고 서버만 있다면 무엇이든 해볼 수가 있다. 그것이 사람들에게 호응을
받을지는 장담할 수 없지만 말이다. 상상에는 성역이 없다. 나라에서 섣
불리 하지 못하는 정치적인 실험도 해볼 수가 있다.

　나는 '기본소득'이라는 키워드에 꽂혀 있었다. 기본소득은 글로벌 저

성장 시대에 모든 나라에서 화두로 삼고 있었고 유럽 몇몇 나라들은 이미 국민투표에 붙이거나 직접 시행하기도 했다. 구성원들의 의견도 분분한 이슈다. 실제로 기본소득에 관한 실험 없이 나누는 의견들이라 뭔가 알맹이가 빠진 듯했다. 특히 자유시장주의를 추구하는 우리나라에서는 더더욱 사회적 합의를 이루기 어려웠다. 그러다가 실제로 기본소득 실험을 목도하게 됐다.

기본소득, 한여름 밤의 꿈? ~~~~~~

> '1년간 매달 1000유로(약 128만 원)을 받는다면 당신은 뭘 할 건가요?' 한여름 밤의 꿈이 아니다. 독일에서 2014년부터 진행 중인 흥미로운 실험이다. '마인 그룬트아인콤멘(mein-grundeinkommen.de, 나의 기본소득)'이라는 프로젝트는 지금까지 46명에게 1년간 월 1000유로를 지급했다."

시작은 하나의 기사였다. 어떤 노동도 하지 않고 매달 128만 원을 받으면 어떻게 될까? 〈한겨레21〉의 황예랑 기자는 이미 독일에서 진행되고 있는 기본소득 실험에 대해 기사를 썼다. 나는 이 기사를 페이스북에 공유하면서 "언젠가 우리도 이런 실험을 해보고 싶다"라는 글을 남겼다.

'언젠가'의 기한은 없었다. 그러나 기본소득 실험이 쉽게 이루어질 것 같지는 않았다. 복지를 게으른 자들에게 돈을 주는 나쁜 제도라고 생각하는 사람이 여전히 존재하는 우리나라에서는 아직 먼 이야기라고 생각했다.

경기도 성남시에서 이재명 시장이 '청년배당'을 실천하고 있긴 하지만 그 금액은 연간 100만 원으로 생계를 해결해줄 정도는 아니다. '일하지 않는 자는 먹지도 말라'는 생각이 널리 퍼져 있는 한국과 같은 시장경제체제에서 기본소득은 물정을 모르는 학자나 몽상가의 허울 좋은 메시지로 비치기 마련이다.

그래서 '언젠가 해보고 싶다'라고 생각하면서도 '기본소득 실험을 하기 전에 스토리펀딩 서비스가 먼저 문을 닫지 않을까'라는 걱정부터 들었다. 그만큼 먼 미래의 이야기라고 생각했다.

생각보다 빠른 실험 기획 〰〰〰

일전에 대형마트 노동자들의 삶을 다룬 뉴스펀딩 프로젝트를 함께 진행하면서 〈한겨레21〉 황예랑 기자와 안면이 있었다. 페이스북에 기사를 공유하고 한 시간쯤 지나자 황 기자에게서 메시지가 왔다.

황: 잘 지내시죠? 제가 쓴 기본소득 크라우드 펀딩 기사를 공유하면서 남겨놓으신 글을 봤어요. 실은 저도 몇 년 전부터 이와 비슷한 크라우

드 펀딩을 해볼 생각이 있었고 〈한겨레21〉 차원에서도 모종의 계획을 준비 중이라 조만간 뵙고 말씀을 나눴으면 해요.

김: 안녕하세요, 기자님. 이런 의미 있는 실험을 꼭 해보고 싶어요. 혼자 기본소득 스페셜 페이지의 기획안도 그려봤습니다. 근데 이게 가능할까요?

황: 아, 그렇군요. 역시 통하는 구석이. 마인 그룬트아인콤멘 운영자를 콕 집어서 인터뷰한 것은 사실 이 실험을 기획해보려는 숨은 의도가 있어서예요. 자세한 이야기는 만나서 하시죠!

김: 저희가 만약 진행하게 되면 뭔가 바글바글하고 북적이는 분위기로 새로운 느낌을 주고 싶어요. 일단 저 혼자만의 생각이지만요.

황: 한국의 네티즌들이 과연 기본소득이라는 의제를 받아들일 준비가 되어 있는가, 눈물을 자아내지 않는 콘텐츠에 펀딩할 수 있는가가 관건일 듯해요.

김: 그런 틀을 깨고 싶어요. 기본소득 실험 프로젝트를 축제처럼 해보고 싶네요. 그게 크라우드 펀딩의 본질이라고 생각해요.

기사 공유 한 시간 만에 우린 일주일 후에 보기로 약속을 잡았다. 페이스북에서는 서로 격앙되어서 '해보자'고 했지만 현실은 좀 더 복잡했다. 시뮬레이션을 해보니, 다양한 문제가 드러났다. 어떻게 돈을 모으고, 어떻게 나눠주며, 어떻게 대상자를 선정할지 등 실무적인 문제들이 꼬리에 꼬리를 물었다.

현실로 만들기 위해 상상한다 ～～～～

학계와 시민단체에 자문을 구했고 독일의 사례도 참고했다. 지속적인 기본소득 지급을 위해 프로젝트 기간도 길게 잡았다. 스토리펀딩의 평균 프로젝트 기간은 50일이다. 기본소득 프로젝트는 이보다 훨씬 긴 '1000일'로 정했다. '기본소득 1000일의 실험'이 시작됐다. 1000원이라도 후원한 사람에게 실험에 지원할 자격을 주어 1000만 원이 모이면 한 명을 실험 대상자로 선정하기로 했다. 1차 대상자는 청년이었다.

> "기본소득이란 누구나 인간다운 생활을 할 수 있도록 국가가 보장해주는 일정한 소득을 말합니다. 만약 2017년 최저임금에 해당하는 월 135만 원이 정기적으로 우리에게 지급된다면 우리의 삶은 좀 더 자유롭고 평등해질 수 있을까요? 여러분과 함께 실험해보고 싶습니다. 후원금 1000만 원이 모이면 한 명에게 6개월간 월 135만 원의 기본소득을 지급합니다. 최종 지원 대상자는 펀딩 참여자 가운데 무작위 추첨으로 뽑습니다. 후원금이 많아질수록 기본소득 지급 대상자도 늘어납니다. 후원금 일부는 콘텐츠 제작비와 리워드 비용 등으로 쓸 예정입니다."

우여곡절 끝에 프로젝트를 열었다. 기본소득은 돈이 많은 복지국가에서나 가능한 일이라는 사람들의 편견을 깨기 위해 먼저 기본소득에 대한 다양한 담론부터 전해야 했다.

첫 번째로 기본소득이 무엇인지 알렸다. 기본소득이란 누구나 인간다운 생활을 할 수 있도록 국가가 보장해주는 일정한 소득을 뜻한다. 기본소득은 기초생활수급자 생계비, 실업수당 등 기존 사회보장제도와 달리 '무조건적'이다. 재산이 얼마인지, 소득이 얼마인지, 과거에 취업한 경험이 있는지 등을 따지지 않고 사회 공동체 구성원이라면 누구나 어떤 조건 없이 기본소득을 받을 수 있다.

성남시의 사례도 소개했다. 성남시는 2016년부터 청년배당 정책을 시작했다. 성남시에 3년 이상 거주한 만 24세 청년들에게 1년에 네 차례로 나눠서 총 100만 원 상당의 지역 화폐(성남사랑상품권)를 지급하는 방식이다. 성남시 청년배당 정책의 골자는 기본소득이다. 큰돈은 아니었지만 그것만으로도 성남시의 청년들은 달라졌다. 성남시 청년들이 어떻게 달라졌는지 그들의 진짜 이야기를 스토리펀딩을 통해 알렸다.

〈한겨레 21〉과 스토리펀딩이 함께 진행하는 '월 135만 원 기본소득 받으실래요?' 프로젝트에 응모지원이 쌓이기 시작했다. 기본소득을 실험하고 싶은 사람들의 마음에서 간절함과 순수함이 느껴졌다. 200명이 넘는 사람들이 글을 올렸는데, 그중 두 가지만 옮겨본다.

"어렵사리 서점에서 찾은 전공 서적들은 5만 원짜리 지폐를 꺼내지 않으면 못 살 가격이라 그냥 그 자리에서 훔쳐 보다 헛헛하게 돌아온 적도 어러 번이었습니다. 자본이 삶 전반을 결정하는 것이 낯설지 않은 시대에 '더 나은' 삶도 아닌 '가장 최소한의 안전망'을 쳐둔 삶을 상상하는 것 또한 낯선 일이어서는 안 된다고 믿습니다."

- 펭귄(23세 남. 사회복무 중. 광주)

"지금 두 아이를 키우고 있고 조금 있으면 셋째가 태어납니다. 독립 육아 중이라 휴직이 필수인데 거의 5년째 쉬고 있고 앞으로 휴직을 더 연장해야 하는 부담감에 고민이 많습니다. 기본소득이 주어진다면 아이 양육과 일 사이에서 균형을 찾을 해법이 조금은 나오지 않을까 기대됩니다."

- 임유선(35세 여. 육아휴직 중. 인천)

우리도 할 수 있다! ~~~~~

두 달 남짓 펀딩으로 목표했던 1000만 원이 달성됐다. 첫 번째 기본소득 대상자를 찾을 수 있게 됐다. 축제처럼 바글바글 북적이는 '대상자 추첨식'을 진행했다. 이재명 성남시장도 함께했다.

"원래 첨단 디지털 방식으로 추첨하려 했으나 사전 조작 논란이 있을 수 있어서 여러 방법을 검증한 끝에 가장 정통한 방식인 탁구공 뽑기로 하겠습니다."

6개월 동안 매달 135만 원의 기본소득을 받을 주인공을 뽑는 순간,

행사 사회를 맡은 안수찬 편집장(당시 〈한겨레 21〉 편집장)의 농담에 여기저기서 웃음이 터져 나왔다. 동시에 묘한 긴장감도 느껴졌다. 투명한 아크릴 상자에 담긴 206개의 탁구공에는 기본소득에 응모한 이들이 각각 부여받은 번호가 1번에서 206번까지 쓰여 있었다.

여기서 번호가 뽑히면 한 달에 135만 원, 총 810만 원을 받게 된다. 이 돈을 어떻게 쓸지는 각자의 자유. 이재명 성남시장이 상자에 팔을 집어넣고 휘휘 저었다. 그러고는 노란색 탁구공 하나를 집어 들어 번호를 불렀다. 148번. 경기도에 사는 25세의 여성 임지은 씨가 주인공이었다.

대학원생인 임 씨는 응모지원서에 "학생이라기엔 늦은 나이라 부모님께 용돈 받기도 죄송하고 아르바이트를 하고는 있지만 너무 빠듯한 상황이다. 이제는 취업 준비도 해야 하는데 기본소득이 너무 절실히 필요하다"라고 썼다. 그녀는 아침 9시부터 밤 9시까지 하루 12시간을 학교 실험실에서 근무한다. 이제 임 씨에게 한 달에 135만 원을 쓸 기회가 생겼다.

이제 〈한겨레21〉은 임지은 씨의 삶을 추적할 것이다. 아무 조건 없이 묻지도 따지지도 않고 지급되는 월 135만 원이 임 씨의 삶을 어떻게 바꾸었을까. 많은 사람들이 그녀의 미래에 주목하고 있다. 나 역시 그 결과가 너무나 궁금해진다.

임 씨의 삶은 어떻게 바뀔까? ~~~~~

기본소득 프로젝트 실험은 모두들 경제적 여유가 있고 논의가 진전된 유럽에서나 가능하다고 생각했다. 하지만 기본소득 프로젝트를 진행하면서 아시아의 대한민국에서도 이러한 실험이 가능하다는 사실을 보여줬다. 십시일반으로 모은 돈은 상상을 현실로 옮겼다. 물론 실험을 진행하면서 어려운 점도 많았다. 다양한 사람들의 요구를 들어줘야 했고 기준을 만들기도 어려웠다. 조금이라도 공정하지 않으면 안 되었기 때문에 신경쓸 일도 많았다. 프로젝트를 진행한 황예랑 기자도 "무척 힘들어서 차라리 기사를 쓰는 것이 쉬웠다"라고 전했다. 한 명의 기본소득 수혜자를 선정하는 것으로 프로젝트는 종료됐지만 많은 것을 느낄 수 있었다. 무엇보다도 '아무리 힘들더라도 해보는 것이 하지 않는 것보다 낫다'는 사실을 배웠다.

스토리펀딩은 상상만으로 그치던 실험을 현실로 이끌었다. 현실로 올라온 실험은 다시 우리의 일상을 파고들 것이다. 이제 기본소득을 알게 된 사람들은 다시 예전으로 돌아갈 수 없을 거라 확신한다. 스토리펀딩의 실험이 모든 이들의 실험으로 확산되기를 바라본다.

 매월 135만 원 받으실래요?

뭐,
위장 취업했다고?

—   기사의 목적이 뭘까? 중립적인 입장
에서 사회의 문제점뿐만 아니라 우리가 반드시 알아야 하는 사실들을 이
야기하고 전달하는 것이 기사의 목적이라면, 기사가 전달 과정에서 생명
력을 갖기 위해 다양한 요소가 필요하다. 시의성, 정확한 팩트, 수려한 문
장도 필요하지만 무엇보다 '재미'가 있어야 한다. 재미가 있어야 독자들
은 기사에 관심을 갖고 끝까지 읽는다. 기자 중에 이를 모르는 사람은 없
겠지만 선대식 기자만은 모르는 것이 분명하다 싶을 만큼 재미가 없다.
"이번 기사도 '노잼'인데." 놀리는 말이 아니었다. 미안하지만 사실이다.

　선대식 기자는 인턴 기자와 수습 기자 생활을 나와 함께한 동기다.
우리는 동고동락했다. 그래서 누구보다 서로를 잘 알고 잘 맞는다. 친한 친
구지만 하나 이해되지 않는 점이 있다. 기사를 재미없게 쓴다는 것이다.

선대식 기자는 신입 기자 시절부터 글에 재미가 없었다. 문장에도 재미가 부족했지만 그가 다루는 소재들이 딱히 재미를 기대하기가 어려웠다. 선 기자는 당시 20대 기자들이 기피하던 노동 현장의 기사를 고집했다. 가볍고 말랑말랑한 주제만 다뤄도 트렌디하다고 평가받고 조회 수도 쑥쑥 올렸을 텐데, 그는 결코 노동과 우리 삶에 대한 천착을 멈추지 않았다. 고루하고 지루한 그의 기사를 보며 나는 항상 "미안하다, 재미없다"라며 핀잔을 주었다.

10년이 지난 후 선 기자의 기사를 다시 읽어보았다. 문장마다 절박함이 스며 있었다. 재미는 없지만 마음에서 크게 울렸다. 그의 기사가 가슴을 뜨겁게 때리는 이유는 10년 전이나 지금이나 크게 다를 바 없는 현실 때문이다.

파견노동의 현실을 알기 위한 위장 취업기 〰〰〰

2016년 어느 날 평소처럼 저녁 때 술이나 한잔하자고 선대식 기자에게 연락했다. 한두 달은 어렵다는 회신이 왔다. 지금 공단에서 위장 취업 파견노동을 하고 있다고 전했다. 그래서 내가 물었다. "위장 취업? 정치하려고?"

위장 취업이라면 1970~80년대 운동권 학생들이 노동 운동을 위해 하던 것이 아닌가. 현재 정치인으로 왕성한 활동을 하고 대선 후보에까지 오르내렸던 분들이 그 당시 위장 취업 투쟁이라는 걸 처음 만들었다고 알고 있었다. 설마 선대식 기자가 정치를 하려는 건가라는 생각이 들었다. 조곤조곤한 목소리로 그가 말했다. "아니야, 아무래도 취재엔 한계가 있어서 내가 직접 경험해보려고."

선대식 기자는 노동 현장을 직접 경험하기로 결정했다. 한국 사회에서 말도 많고 탈도 많은 파견노동자의 현실을 알리고 싶었다. 그래서 기자라는 명함을 버리고 두 달간 불법 파견노동자가 되어 위장 취업을 했다. 그가 전한 파견노동자들의 현실은 상상을 뛰어넘을 만큼 참혹했고, 그들이 처한 환경은 어떤 구제도 기대하지 못할 만큼 불합리한 법의 사각지대에 놓여 있었다.

그 현실을 더 많은 독자들에게 알리면 좋겠다는 생각이 들어 스토리 펀딩에서 프로젝트를 진행해보지 않겠냐고 제안했다. 그리고 후원금으로 참혹한 현실을 조금이라도 바꾸면 좋겠다는 마음을 전했다. 선 기자는 수락했다. 프로젝트를 시작하며 선대식 기자가 던진 출사표엔 그의 절절한 심정이 드러난다.

"저희 부모님은 과거 치킨집, 노래방을 운영했습니다. 장사가 안 돼 가게를 접었고, 두 분은 지금 파견·용역 회사를 통해 청소와 경비일을 하고 있습니다. 새벽 5시에 출근하는 두 분을 생각하면 마음이 아픕니다. 그래도 저희 부모님은 일자리를 구했으니, 파견법에 고마워해야 할까요. 저희 부모님은 저임금과 고용 불안정에 힘들어하고 있습니다. 특히 어머니는 '단기 계약서를 썼는데 퇴직금을 받을 수 있냐'고 제게 물었습니다.

또한 최근 파견 회사에서 퇴직금을 주지 않기 위해 직원들을 괴롭혀 퇴사하도록 했다고도 했습니다. 다음은 당신이 되지 않을까 걱정을 하셨습니다. 어머니의 불안한 마음을 달래드리고, 문제를 해결하고 싶었습니다. 하지만 파견노동자인 어머니의 상황을 생각하면 현실을 받아들이는 수밖에 없습니다. 파견법의 진짜 이름은 '파견근로자 보호 등에 관한 법률'입니다. 하지만 파견법은 파견노동자를 보호하는 울타리가 되어주지 못합니다. 오히려 파견을 합법화합니다."

선 기자가 불법 파견의 참상을 말하기 위해 위장 취업한 데는 노동 현장에 관한 그의 관심도 한몫했을 것이다. 그리고 부모님이 직접 겪은 파견법의 부조리를 아들이 직접 밝히고 싶다는 바람도 있었을 것이다. 부모님의 이야기로만 듣던 불법 파견 현장은 노동시장보다는 노예시장에 가깝다는 생각이 들 만큼 상황이 심각했다.

"A조 조장이 파견노동자만 모이라고 했어요. 파견노동자들에게 가위바위보를 시켰어요. 여기에서 진 사람만 해고했어요. 친한 형도 해고됐는데, 큰 충격을 받았죠."

"출퇴근 시간까지 생각하면, 하루 15시간 이상을 회사를 위해 일해야 해요. '일찍 퇴근해서 여자 친구랑 놀고 싶다'면 그 길로 퇴사하시면 돼요. 생산직은 부지런해야 해요. 일하려면 잠을 줄이는 수밖에 없어요. 그리고 마음을 독하게 먹어야 합니다. 공장에서는 무시당하고 막말도 들을 거예요. 대우 좋다는 곳에 가서 속아도 봐야 해요."

도저히 일을 못 하겠다 ～～～

선 기자가 공장 컨베이어벨트에서 일을 하던 날이었다. 아침 일찍 현장에 도착해 공장으로 갔지만 말이 조금씩 바뀌기 시작했다. 여덟 시간 근무하면 4만 9120원을 준다던 파견사무소가 작업복 값 3만 5000원을 임금에서 미리 빼겠다고 말한 것이다. 그렇게 되면 여덟 시간 동안 꼬박 서서 일한 대가가 1만 4000원 정도 된다. 최저임금보다 못한 일당이다.

그때 선 기자 앞에서 일하던 한 직원이 "도저히 일을 못 하겠다"면서 항의하러 가자고 했다. 몇 시간 입지 않는 작업복 비용을 빼겠다는 이야기에 모두가 동요했던 것이다. 선 기자도 덩달아 그를 따라갔다. 항의를 시작하자 갑자기 부장이 읍소를 시작했다. 작업복 비용을 빼지 않으면 파견사무소를 운영할 수 없다는 말이었다.

파견노동 두 달간 선 기자가 경험한 세상은 윗돌을 빼서 아랫돌을 괴는 형국이었다. 정규직에서 벗어나는 순간 누군가에게 임금이 갈취당하고 그 착취 구조는 연쇄적으로 맞물려 있었다. 도대체 어디까지 물고 물리는 것일까? 이렇게 빠지고 또 빠지는 비용은 어디에 쌓이는 것일까?

선 기자는 두 달간의 파견노동 후 다시 기자로 돌아왔다. 보고 들은 일을 그대로 옮겼다. 파견노동 현장은 상상한 것보다 훨씬 열악하고 처참했다. 파견노동은 특별히 어려운 사람들만의 이야기가 아니었다. 모두가 누군가의 아들딸이고, 누군가의 엄마 아빠였다. 결국 파견노동자들의 이야기는 우리 모두의 이야기였다. 선 기자는 특유의 재미없는 문장으로 차분히 글을 적었다. 재미는 없었지만 담담한 그의 글에는 열악한 처우에 대한 분노와 법의 보호조차 받지 못하고 그저 당하기만 하는 파견노동자들의 아픔이 그대로 담겨 있었다.

이후 선대식 기자가 파견사무소의 폭리를 보도하자 파견사무소에서 전화가 걸려왔다. 파견사무소를 운영하며 1400만 원을 생활비로 쓰던 사장이 선 기자의 기사 때문에 이제는 700만 원으로 생활해야 한다면서 선 기자를 협박해온 것이다. 누구나 분노할 법한 이 사건을 겪으면서도 선 기자는 120만 원으로 겨우 생계를 유지하는 파견노동자와 700만 원으로 살아야 하는 파견사무소 사장의 이야기를 차분한 기사로 엮어냈다.

세상을 바라보는 깊은 눈 〰〰〰

우리가 몰랐던 파견노동의 현실을 그대로 담은 '불법 노동 위장 취업 보고서' 프로젝트는 성공적으로 마무리되었다. 선대식 기자의 글이 재미없다고 툴툴대던 나도 그의 기사를 읽으며 연필로 꾹꾹 마음을 다해 눌러쓴 기사라는 느낌을 받았다. 다만 펀딩은 생각만큼 잘되지 않았다. 총 241만

6000원이 모여 200만 원이라는 목표는 넘었지만 애초부터 목표액이 낮게 설정되어 있었다.

눈 밝은 독자들은 선 기자의 취지에 공감했다. 스토리펀딩 팀에서도 이 기사를 더 많은 독자들이 읽을 수 있도록 잘 보이는 곳에 배치했다. 많은 사람들이 위장 취업 보고서를 읽으면서 우리 사회의 안전망 시스템 부재에 분노했다. 하지만 분노는 댓글만으로도 충분했다.

좋은 기사와 펀딩 액수가 꼭 비례하지는 않는다. 선대식 기자는 시대의 아픔을 전하는 좋은 기사를 썼지만 펀딩액이 그것을 받쳐주지 않았다. 일반 독자들에게 파견노동은 여전히 먼 이야기처럼 느껴지기 때문이다.

기사가 꼭 재미있어야 하나? 펀딩은 꼭 재미나 감동만으로 하는 것일까? 선대식 기자는 파견노동 현장을 누구보다 깊은 눈으로 들여다봄으로써 노동이 유연해지다 못해 파편화되는 과정을 처절하게 묘사했다. 심해를 돌아다니며 바다 깊은 곳을 보는 고래의 눈으로 아무도 보지 못한, 어쩌면 모두가 보기 싫어서 눈을 감아버린 노동 현장을 기꺼이 발로 뛰어 기사를 썼다.

재미는 없지만 묵묵히 간다 〰〰〰

한때 나는 '진심은 통한다'라는 문구를 '시시하다'고 생각했다. 재미와 유머 그리고 트렌드에 홀려 우리가 정작 봐야 할 것들을 놓치고 있었을지 모른다. 선대식 기자는 원치 않게 액체처럼 흘러 다니는 노동자들을 주시했다. 그 덕분에 나 역시 우리 사회가 만든 또 다른 세계를 만날 수 있었다.

이제 이야기를 마무리하며 선대식 기자의 스토리펀딩 프로젝트를 하나 더 소개한다. 많은 산재를 일으킨 대기업에 대한 이야기다. 하청노동자가 스마트폰 부품을 만들다가 시력을 잃었다. 파견노동자들에게 위험물질인 메탄올을 다루게 하면서 안전장비도 제대로 지급하지 않는 현실을 선대식 기자가 과감히 고발했다. 그는 '누가 청년의 눈을 멀게 했나' 프로젝트로 현장의 위험성을 알렸다. 소극적 대응으로 일관하는 기업에게 책임을 묻는 것만으로 멈추지 않고 피해 청년이 UN 인권이사회에서 발언할 수 있도록 끝까지 취재를 놓지 않았다. 선대식 기자는 이 취재로 한국기자협회가 주는 '이달의 기자상'(2017년 6월)을 받았다. 불법 파견 보고서로 2016년에도 이달의 기자상을 탔으니 2관왕이다. 세상에 꼭 필요한 기자라고 기자들이 인정한 셈이다.

"단지 운이 좋아서 눈이 멀지 않았습니다." 기사의 마무리 문장이다. 선대식 기자의 스타일이라 오히려 헛웃음이 났다. 이런 문장에서 어떻게 재미를 찾겠는가. 모든 기사가 재밌어야 하는 건 아니다. 기사를 읽으며 분노할 때는 분노해야 하고, 울어야 할 때는 눈물을 흘려야 한다. 재미는 없지만 묵묵히 나간다. 이게 선대식 기자의 스타일이며, 그의 존재 이유다.

 뭐, 위장 취업했다고?

소박하게
살고 싶다

—   스토리펀딩 서비스가 조금씩 안착되
면서 후원자들과 창작자를 연결하는 매개로 활동하는 나 자신에게 어느
정도 만족을 느끼던 때였다. 세상의 모든 창작자를 후원한다는 취지답게
스토리펀딩에서 많은 사람들이 후원을 받고 결과물을 세상에 내놓으며
후원자들과 교감하는 모습을 보고 있으려니, '더 바랄 게 없다'라는 생각
까지 들었다.

그러던 어느 날이었다. 스토리펀딩이 끝나고 창작자가 한숨을 쉬며
웃었다. 한숨이 예사롭지 않아 이유를 물었더니, 그제야 그는 내가 미처
깨닫지 못했던 창작자들만의 남모를 고민을 털어놓았다. 스토리펀딩이
진행되는 기간에는 살 만하지만 이후에는 다시 생활고가 시작된다는 것
이었다. 그래서 연재를 하는 동안에는 창작에 전념할 수 있지만 이후에는

다시 창작과 관련 없는 일로 생계를 유지해야 한다. 문제는 그러고 나면 다시 후원을 받아도 창작의 맥을 이어가기 힘들다는 점이었다.

스토리펀딩의 흥행만 생각했을 뿐, 이후 창작자들의 생계는 함께 고민하지 못했다는 생각이 들었다. 그래서 다들 모여서 아이디어를 논의하기로 했다. 다들 내가 들었던 것과 비슷한 고민들을 꺼내놓았다. 일회성 후원으로는 창작자를 길게 돕기 어려우므로 정기적인 후원을 이어갈 방법을 찾아야 한다는 의견이 중론으로 모아졌다.

어떻게 하면 좋을까? 한번도 가보지 못한 길을 생각해야 했다. 기존 스토리펀딩 포맷이 창작을 이어가기 어려운 방식이라면 우리 안에서도 새로운 방식을 고민하고 실험해야 했다. 생각보다 긴 토론 끝에 창작자를 정기적으로 후원하는 시스템을 생각했다.

먼저 대상은 '인디 뮤지션'으로 한정했다. 영화, 미술, 책은 다달이 결과물을 내기가 어렵다. 인디 뮤지션이라면 매달 음원 하나를 만들 수도 있지 않을까? 달마다 새로운 음원을 발표하는 '월간 윤종신'의 방식도 참조했다.

원래는 인디 뮤지션을 위해 짰던 판 〰〰〰

아이디어를 모으고 기획안을 짜다 보니 가능성이 보였다. 후원자에게 매달 정기 후원을 받아 매달 새로운 노래를 발표한다. 물론 후원자들에게 가장 먼저 들려주고 이를 모아서 연말 즈음에 음반을 만드는 것이다. 음반이 완성되는 대로 후원자들을 초청해 콘서트를 여는 모습을 상상했다. '인디펀딩 프로젝트.' 준비도 안 됐는데 이름부터 지었다. '이건 된다. 100퍼센트 된다'는 확신이 들었다. 확신에 자신감까지 충전하고 이제 현장으로 나갔다. 다들 좋아해줄 것 같았다.

현장으로 나가는 일은 중요하다. 책상 위에서 만든 생각만으로 새로운 플랫폼이 만들어지진 않는다. 새로운 플랫폼을 론칭할 때 기획자들이 놓친 디테일을 채우려면 반드시 서비스를 사용하는 사람들의 이야기를 들어야 한다. 확신을 갖고 인디 뮤지션들뿐만 아니라 연예 기획사와 공연 기획사 사람들까지 만났다. 그런데 현장의 목소리를 들어보니 그리 간단하지 않았다. 이야기를 나눌수록 내 생각은 그저 '아름다운 상상'일 뿐이었다.

방송에 나가지 않고 홍대를 기반으로 활동하는 '인디' 뮤지션이라고 해서 다 같은 인디 뮤지션은 아니었다. 너무 다양해서 따로 묶기는 어렵지만 크게 세 갈래로 나눌 수 있다.

먼저 사람들이 잘 아는 '잘나가는' 뮤지션들은 굳이 펀딩에 참여할 이유가 없었다. 이미 공연과 음반으로 돈을 잘 버는 데다 아이돌 수준의 인기를 누리고 있었다. 두 번째 부류는 많이 알려지지는 않았지만, 그래도 팬층이 두터운 뮤지션들이었다. 그들에게는 스토리가 많았지만 펀딩할 겨를이 없었다. 진득이 매달 한 곡씩을 만들어내는 것 사체가 이들에게는 시간 낭비였다. 그들은 지속적으로 노래를 발표하고 꾸준히 팬들을 만나야 했다. 정기적 후원자에 가까운 팬층은 이미 있었다. 그들은 지

상파 방송으로 외연을 확대하고 싶어 했다. 마지막으로 신인급 뮤지션들. 이들에게는 펀딩이 간절했다. 그러나 스토리가 담겨야 하는 플랫폼 구조에서 그들이 어필할 여지는 적었다.

모두를 만족시킬 것 같았던 서비스는 결국 아무도 만족시킬 수 없는 서비스가 되었다. '음악이라면, 생활이 어렵지만 이야기가 있는 뮤지션이라면 충분히 호응을 얻어내지 않을까?'라는 질문에 '불가능하다'라는 답이 현장에서 돌아왔다. 다양한 목소리를 한곳에 담아내고 가려운 곳을 긁어주는 플랫폼을 만들고 싶었지만 너무 어려웠다.

창작자라면 누구나 환영합니다! ~~~~

예상치 못한 난관에 부딪혀 헤매고 있는데, 이미 우리가 생각했던 '정기 후원'이라는 시스템이 먼저 만들어졌다. 이미 만들어진 서비스를 취소할 수는 없었다. 뮤지션에 한정되지 말고 시야를 넓혀보기로 했다. 기존에 준비했던 것에 얽매이지 말자. 선택은 후원자가 하게 하자.

이를 잘 살려보기 위해 인디 뮤지션 프로젝트를 '피플펀딩'이라는 이름으로 재정비했다. 창작자라면 다 들어올 수 있도록 문을 확 넓혔다. 그래서 기자가 들어오고, 우리가 처음 생각했던 뮤지션도 들어왔다. 유기동물을 돌보는 사람, 커피를 내리는 사람까지 정기적 후원이 필요하고 좋은 이야기를 가진 사람들이라면 모두 피플펀딩에 들어올 수 있었다.

한번도 해본 적이 없는 실험이었으나 생각보다 문제되는 구석 없이 매끄럽게 흘러갔다. 스토리펀딩 이후 어떻게 지낼지를 깊이 고민하던 분들이 피플펀딩의 후원을 받게 됐다. 그중에서 피플펀딩의 초기 취지를 가장 잘 살린 창작자를 소개하고 싶다. '인디 뮤지션 타루.' 어떤 사람에게는 완전히 낯선 이름이겠지만 원조 홍대 여신으로 불리던 가수다. 이름은 몰라도 드라마 OST 가운데 들으면 알 만한 유명한 곡도 많이 남겼다.

유명해지기보다 친구처럼 가까이 ~~~~~~

타루는 2007년에 데뷔했다. 시작은 매끄러웠다. 그녀가 만든 노래들이 영화나 드라마뿐만 아니라 광고에도 실렸지만 얼굴은 많이 알려지지 않았다. 네 개의 단독 음반을 냈을 뿐만 아니라 다수의 음반에도 참여하여 먹고살기는 괜찮을 듯싶은 그녀에게도 고민이 있었다.

그녀가 음악을 하는 동안 주변 사람들은 왜 이토록 경제성이 떨어지는 일을 하느냐고 물었다. 누가 음악을 하라고 시키는 것도 아닌데, 아름다운 노래가 세상을 단번에 바꾸어주는 것도 아니고 보람만큼 수익이 보장되는 것도 아닌데 왜 고생을 하느냐며, 이제는 유명해질 만한 음악을 하라는 제안도 받았다.

타루. 그녀의 예명은 '눈물을 흘리다'라는 뜻을 갖고 있다. 그녀는 흘리는 눈물을 통해 누군가의 마음을 닦고 싶었다. 유명세 대신 이 시대를 살아가는 소소한 뮤지션의 일상을 노래하고 싶어 했다. 거창한 이야기보다는 일상의 이야기를 하는 뮤지션으로서의 삶을 사람들과 나누고 싶었다.

성공 대신 아픔을 나누고 흐르는 눈물을 서로 닦아주는 삶을 원했던 타루는 피플펀딩을 진행하며 후원자를 위해 특별한 선물을 준비했다. 월 5000원을 펀딩한 후원자에게 '그를 위한 노래'를 불러주었다. 신곡에 후원자의 이름을 넣어 무반주로 녹음해 보내주는 방식이다.

소박한 삶을 지지하는 친구들 〰〰

많은 후원자가 타루의 '친구'가 됐다. 타루는 팬이라는 표현보다 친구라는 말을 좋아한다. 그녀가 지향하는 삶에 공감하는 이들이 바로 친구라고 생각하기 때문이다. 그녀의 삶을 항상 응원해주고 함께 있어주는 친구. 타루는 피플펀딩을 진행하며 74명의 친구가 생겼고 월 188만 원의 정기 후원을 받게 되었다.

타루는 정기 후원을 받으며 열심히 자신만의 음악을 만들고 있다. 노래를 계속 만들어 후원자에게 가장 먼저 음반을 선보인다. 앨범에는 후원자들의 이름이 하나하나 새겨진다. 후원자를 위한 노래도 매달 전달된다. 그녀는 "행복하게 잘 들었습니다", "소중히 간직하겠습니다"라고 말하는 친구들과 소통하면서 즐거워한다.

'창작자와의 상생'. 이것이 피플펀딩이 지향하는 취지였다. 타루의 진정성 있는 소통과 친구들의 정기 후원을 보면서, 피플펀딩을 구상하며 마음속에 그렸던 가장 아름다운 상상이 다시 날개를 폈다. 2017년 6월 카카오 공식 홍보 채널을 통해 타루의 인터뷰 영상이 공개됐다.

Q: 스토리펀딩을 시작하게 된 계기는?

A: 처음에는 의미 있는 일을 하고 싶었는데 '내가 할 수 있는 일을 잘하자'고 생각했다. 노래로 팬들과 소통하는 것. 내가 잘할 수 있다고 생각했다.

Q: 팬과의 소통이 좋은 점은?

A: 팬들이 함께 만드니 효율적이다. 제작사가 알아서 만드는 일반적인 제작 형태가 아니다. 인간 냄새가 나는 작업을 하고 있어 만족한다.

Q: 펀딩이 좋은 점은?

A: 나도 버티고 있다. 너도 버티고 있다. 우리 모두 버티고 있다는 점이 위로가 된다.

Q: 타루에게 스토리펀딩이란?

A: 끈, 계속 붙잡을 수 있는 끈이다. 작품 활동을 계속할 수 있는 끈이다. 누군가 제 음악을 듣고 힘을 낼 수 있는 한 사람, 그 순간을 상상하며 곡을 만든다.

Q: 후원자에게 전하는 말

A: 지지하고 함께해주고 서로 마음을 나누며 곁에 있어주는 사람이다. 오래 만나는 꾸준한 친구처럼 같이 나이를 먹어갔으면 좋겠다.

사람들은 말한다. 닮은 사람끼리 만나고 친해진다고. 타루의 친구들은 타루를 어떻게 보고 있을까? 타루 친구의 말을 한번 들어보자.

"오래전부터 팬이었답니다. 〈마이 선(My Sun)〉이라는 노래의 가사처럼 저에게 정말 많은 것들을 깨닫게 해줍니다. 타루님이 이 글을 보실지는 모르겠지만 너무나 많은 감동을 주시고 '희망을 잃지 말아야지' 하는 생각이 들게 합니다. 저는 사실 시각장애가 있습니다. 한쪽은 이미 안 보이는 상태이고 다른 쪽은 보이긴 하지만 위태로운 상황입니다. 그래도 전 하루하루 타루님의 노래를 들으며 매 순간 정말 감사한 마음으로 살아갑니다. 타루님은 진심이 담긴 마음으로 노래를 부르는 진정한 가수입니다."

― 블루체리 님

 소박하게 살고 싶다

 타루 인터뷰

3장

사람이 꽃보다
아름다운 이유는?

지난번에는 버스 타려는 지체장애인에게 기사님이 핀잔을 주는 모습도 봤어요.

그 나라의 소수자에 대한 인식 수준 아닐까요?

소수자 인식 개선을 위해선 그들의 이야기를 차별 없이 전달하는 게 중요할 것 같아요.

끄덕   끄덕

스토리를 전달하고, 펀딩 받은 돈으로 캠페인을 진행하면 어떨까요?

소년의
눈물

— 　　　　　　　　　　　만약 누군가 당신에게 '저 소년원 출신입니다'라고 하면 어떤 생각을 하게 될까? 대답 대신 슬그머니 뒷걸음 치거나 '어린 나이에 무슨 잘못을 저질렀기에 감옥에 다녀왔지'라는 생각부터 하지 않을까. 각자의 대답은 판이하겠지만 대다수의 사람들이 소년원 출신이라는 말만 들어도 부정적인 선입견부터 품을 것이다. 나 역시 그랬다. 우리는 소년원에 갔다는 결과만 보고 그의 범죄를 개인의 잘못으로만 치부한다. 소년 범죄가 결국 어른의 잘못, 사회의 잘못이라고 생각하는 사람은 많지 않다.

어느 시인이 제안한 프로젝트 〰〰〰

먼저 이 프로젝트를 제안한 사람을 소개해야 할 것 같다. '소년범을 돕자'
는 취지의 프로젝트를 진행하고 싶다던 조호진 시인을 처음 만난 곳은 전
직장인 〈오마이뉴스〉다. 처음 수습 기자로 들어가 자리 배치를 받았을 때
조 시인, 아니 조 선배(그때는 시인이 아닌 선배였다)가 내 옆자리 짝꿍이었다.

짝꿍이라 친하게 지낼 법도 했지만 조호진 선배는 항상 얼굴색이 좋
지 않았다. 어디 아픈 데가 있는지 걱정이 되어 물어보면 건강이 안 좋다
고만 했다. 흔히 후배가 들어오면 술이라도 한잔 사줄 법한데, 한 번도 사
주지 않았다. 따뜻한 밥만 사줬다. 술 또한 몸이 안 좋아서 못 마신다고
했다. 그러다가 내 짝꿍이 된 지 한 달 만에 퇴사를 했다.

나중에야 듣게 됐다. 조호진 선배는 내가 입사하기 바로 직전에 신장
이식 수술을 했다는 것을. 본인이 아파서 수술을 받은 것이 아니라 얼굴
도 모르는 남을 돕기 위해 성한 몸에서 신장 하나를 떼어냈다고 한다. 그
때의 후유증으로 계속 몸이 안 좋았던 것이다. 한 달의 짧은 기억뿐이지
만 난 조 선배를 이렇게 기억한다. '남의 인생을 위해 자신의 인생을 바치
는 사람.'

인생 자체가 미담인 선배가 진행하는 프로젝트라 뭘 해도 되겠다 싶
었지만 '소년범'이라는 주제 앞에서는 망설일 수밖에 없었다. 뉴스 편집
을 하면서 소년범에게 우호적이지 않은 사회의 시선을 댓글의 수와 악플
의 강도로 경험했기 때문에 펀딩이 성공할 거란 그림이 그려지지 않았다.

오히려 갈수록 댓글 싸움으로 아수라장이 되어 소년범에 대한 인식이 전환되기보다 오히려 나쁜 편견이 확산되지 않을까 두렵기도 했다. '비행 청소년'과 '탈선'이라는 단어와 함께 나 자신이 갖고 있던 '일진' 친구들에 대한 학창 시절의 안 좋은 기억도 떠올랐다.

왜 나쁜 아이가 됐을까? ~~~~~

확신은 없었지만 소년범을 개인의 문제로 환원한다고 해서 문제가 해결될 수는 없다는 취지에 공감했기에 연재를 확정했다. 원색적인 비난 여론이 이어질 것이 너무나 뻔했지만 조호진 시인은 자신의 진심을 잘 전하리라 생각했다. 스토리펀딩 팀이 할 수 있는 일은 그의 생각을 잘 전달하는 것뿐이었다. 우리는 독자들을 설득하기 위한 작전을 짜기 시작했다. 임희원 PD가 그 역할을 맡았다. 임 PD는 조호진 시인과 함께 어떤 스토리로 독자를 설득할지 고민하고 펀딩 계획을 짰다.

공략법은 '과정의 콘텐츠'였다. 많은 사람들이 사건사고 기사를 보면서 결과에만 집중한다. '나쁜 녀석'이라면서 혀를 끌끌 찬다. 정작 왜 이런 범죄를 저질렀는지에 대해서는 궁금해하지 않는다. 우리는 '왜'에 집중했다. 왜 이 소년들이 범죄에 연루될 수밖에 없었는지를 효과적으로 전달하기 위해 스토리를 잘 다듬었다. 범행 자체에 집중하기보다 그가 범죄에 발을 들여놓기까지의 과정에 집중했다. 그리고 그 진심은 다행히 독자들에게 잘 전달됐다. 생각보다 시간이 많이 걸렸지만 말이다.

열일곱 살 연쇄방화범도 도와야 할까? ～～～～

열일곱 살의 소년이 자신이 다니던 중학교 담벼락에 화염병을 던졌다. 그리고 자신이 사는 동네를 돌아다니면서 다섯 번이나 불을 질렀다. 소년 연쇄방화범. 자극적인 명명과 방화라는 주제가 만나 소년은 방화에 즐거움을 느끼는 악마로 포장되었다. 그런데 시인의 눈은 달랐다. 조호진 시인이 바라본 소년은 악마가 아닌 아프고 연약한 소년에 불과했다.

소년은 1995년 러시아인 엄마와 한국인 아빠 사이에서 태어났다. 공산당 간부의 딸이었다는 엄마는 두 살배기 아들을 두고 떠났고 소년의 아빠는 아내를 기다리다 의문의 죽음을 당했다.

한국에서 할머니와 함께 살게 된 소년은 러시아인도 한국인도 아니었기에 어디서든 배척당했다. 놀림과 왕따가 반복되었고 학교는 소년을 보호하기보다 방치했다. 소년은 자신을 괴롭히는 삶의 터를 떠나기 위해 가출했고 할머니는 소년을 찾아다니다가 교통사고로 돌아가셨다.

어느 곳에서도 따뜻함이나 소속감을 느끼지 못한 소년은 화가 나서 불을 질렀다고 한다. 내밀한 가정사를 들여다보면 소년이 저지른 범죄에 대한 분노보다 슬픔이 더 강하게 다가오지만, 그래도 댓글은 호의적이지 않았다. 조호진 시인은 독자들을 설득하기 시작했다.

"소년들은 왜 나쁜 짓을 하고 위험한 행동을 할까요? 애초에 나쁜 놈과 위험한 놈으로 태어난 걸까요? 하늘이 알고 땅이 알지만 그런 소년은 단 한 명도 없습니다. (중략) 제가 만나고 돌봤던 소년 중에 90퍼센트가량은 가정 해체의 피해자, 부모의 사랑을 받아본 적 없는 가엾은 아이들이었습니다. 면회 올 사람이 없는데도 누군가의 면회를 기다리는 소년, 엄마 아빠와 함께 모여 사는 것이 소원인 소년, 딱 한 번만이라도 가족끼리 밥을 먹어보는 것이 소망인 소년, 버림받은 분노로 자해한 소년, 꿈과 희망이 뭔지도 모르는 소년. 혹시 소년의 눈물을 만나고 싶습니까? 그러면 인정(人情)의 눈을 뜨십시오. 그러면 소년의 눈물을 만날 수 있습니다. 소년의 눈물을 만나거든 은식기를 훔친 장발장에게 은촛대까지 내어준 미리엘 신부님처럼 관용의 품으로 안아주시길 부탁드립니다."

소년들이 추락하기 전에 손을 잡다 〰〰〰

조호진 시인은 소년범에 대한 선입견을 이야기의 힘으로 깼다. 아이의 문제가 곧 어른의 문제라는 것을 지적하며, 어른들의 관용으로 아이들이 어떻게 바뀌어가는지를 담담하게 써내려갔다. 따뜻한 어른들의 관심과 사랑으로 소년들이 변해간 이야기들이 하나씩 올라오자 사람들도 닫았던 마음을 열기 시작했다.

촉망받던 운동 선수였던 김기헌(38세) 씨는 부모님에게 버림받고 친척들의 손에 키워졌다. 운동으로 곧 성공할 것 같았던 김 씨는 가족의 해체 이후 방황하기 시작했다. 눈칫밥과 찬밥에 절망한 소년은 중학교 3학년을 중퇴하고 가구 공장에서 일하는 선배를 따라 상경했다. 잔업과 철야에 지친 소년은 공장 생활 6개월 만에 고향으로 돌아와 단란주점의 웨이터 생활을 하다 폭행 사건에 휘말리면서 소년원생이 됐다.

출소 이후 방황하던 소년을 붙잡은 것은 소년 자활 센터의 교사였다. 자활 센터의 선생님은 소년에게 폭력과 멸시 대신 따뜻함을 전했다. 그리고 소년범이라는 낙인 때문에 남은 인생마저 끝났다고 생각하는 그에게 삶의 목표를 만들어줬다. 중학교 중퇴생인 소년원 출신이 스물다섯에 대학생이 됐다. 2015년에는 대학에서 석사 학위를 받았다.

조호진 시인이 취재한 이야기 가운데 인천남동경찰서의 박용호 경위가 돌봤던 소년원 출신 청소년들의 이야기는 소년범들이야말로 사랑과 관심에 굶주린 여린 아이들임을 일깨웠다. 박 경위는 일진 중에도 '개골뱅이(골통 중에 골통이란 은어)'였던 아이들을 돌보고 그들의 이야기를 들어주었다. 어른이 되기도 전에 추락할 것만 같았던 아이들은 반장이 되고 성적으로 1~2등을 다투다가 서울 명문 체대에 진학한 경우도 있었다.

박 경위가 보여주는 따뜻함 덕분에 어떤 학생은 마음을 고쳐먹고 공부를 시작했고 어떤 학생은 모범생이 되어 사회적 약자를 돕는 인권변호사를 꿈꾸고 있다. 아이들을 변화시킨 방법이 뭐냐고 묻자 박 경위는 대수롭지 않게 말했다. "별건 없어요. 아이들의 아픈 이야기를 들어주고, 편들어주고, 밥 사주고, 안아주면서 끝까지 지켜주면 아이들은 놀랍게 달라

집니다."

나쁜 아이는 없다, 아픈 아이만 있을 뿐 〰〰〰

나쁜 아이들이 아니라 아픈 아이들, 단 한 번도 따뜻한 관심을 받아본 적이 없는 여린 아이들이라는 사실이 매주 소개되면서 소년범에 대한 내 생각도 바뀌었다. 나뿐만 아니라 비난으로 점철되었던 댓글도 변화하기 시작했다.

> "소년의 눈물의 연재를 기다리며 보고 있었습니다. 비록 월세도 못 내는
> 어려운 살림이지만 있어서 나누는 것보다 없어서 나눔이 더 행복합니다.
> 누군가에게는 흘러가는 돈이겠지만 저에게는 사랑과 마음을 담은 헌신임
> 을 이렇게라도 함께할 수 있게 해주셔서 감사드립니다."   - 김소은 님

> "너무 많이 울었습니다. 울고만 있을 순 없어 후원했습니다. 버림받고 상
> 처받은 아이들에게 작은 힘이라도 되어주고 싶네요."   - 윤원서맘 님

희망이 없는 소년들을 위해 '희망공장'을 만들고 거기서 자활을 해보겠다고 시작했던 펀딩의 목표 금액은 1000만 원이었다. 펀딩 금액에 도달할 수 있을지 내부에서도 염려가 많았지만 4개월간 6927만 원이 모였

다. 목표액을 692퍼센트 초과한 금액이었다.

후원금보다 더 뿌듯했던 것은 연재가 진행될수록 소년범들의 아픈 사연에 공감하는 독자들이 늘었다는 점이다. 후원을 하는 일은 자신의 지갑을 여는 것만이 전부는 아니다. 일면식도 없는 누군가에게 후원금을 건네기 위해서 좋든 싫든 취지에 공감해야 한다. 게다가 그 취지에 관심이 없었다면 어떤 의미에서든 인식의 전환부터 생겨나야 한다.

소년의 눈물을 외면하는 세상에서 스토리펀딩을 통해 소년의 눈물을 닦아줘야겠다고 생각하는 사람들이 늘어나서 기뻤다. 세상의 따뜻함을 온도계로 측정할 수 없지만 느낄 수는 있었다. 나뿐만 아니라 수많은 독자들이 그랬을 것이다.

이 후원금은 소년들의 자활을 돕는 '소년 희망 지원 센터'의 종자돈이 됐다. 경기도 부천시에 생긴 센터에서 소년들은 컵밥을 만들어 팔고 있다. 개소식에 참여한 임희원 PD는 함께 테이프 커팅을 하고 종이비행기를 날렸다. 고맙게도 소년 희망 지원 센터에선 스토리펀딩 팀에 감사패를 전달했다. 무거워서 들고 오느라 힘들었다고 했다. 그래도 뿌듯했다. 따뜻한 컵밥을 함께 먹었다. 소년의 눈물을 닦아주려는 사람들이 모은 돈으로 만든 컵밥이니 아마 세상에서 가장 따뜻하고 사랑 넘치는 컵밥이었을 것이다.

 소년의 눈물

윤희와 킹콩이의
운명적 만남

: 박웅서 PD

—   "PD님, 유기견 펀딩을 진행하고 싶어하는 분이 계신데 소개해드려도 될까요?"

평소 알고 지내던 동물보호단체 '카라'의 이사님이 연락하셨다. 동물이라는 키워드는 독자들의 관심이 많은 주제이고 관련 프로젝트를 열면 후원금도 곧잘 모이는 편이기 때문에 펀딩을 기획하는 PD에게 동물보호단체는 주요 고객(?) 중 하나다. 그런데 고백하자면, 그때 나는 무례하게도 다소 시큰둥하게 전화를 받았던 것 같다. 내용이 '너무 뻔할 것 같아서'였다.

우리나라에 반려견 문화가 퍼지면서 동물에 대한 인식도 많이 달라졌다. 이에 따라 스토리펀딩에도 동물을 다루는 프로젝트가 점점 많아지는 추세이기도 하다. 그런데 한 가지 문제가 있다. 동물 프로젝트에서는 너무 '지당하신 말씀'만 늘어놓는 경우가 많다는 점이다. 유기동물 1000만 시대라든지, 생명을 함부로 버리면 안 된다든지, 애완동물이 아니라 반려가족으로 대해야 한다든지. 하지만 너무 지당하신 말씀이라서 오히려 지루하기 이를 데가 없다.

유명 배우가 스토리펀딩에? ~~~~

좋은 스토리에 대해 뭐라고 하는 것은 아니다. 하지만 크라우드 펀딩은 동의의 과정이다. 서로 얼굴 한 번 보지 않은 채로 상대방의 지갑을 열어야 한다. 굳이 따지자면 '포털에서 선플받기'(진짜 어려운 일이다)보다 어려운 최고난도의 온라인 상호작용인데, '이래야 한다'는 설교 투로는 독자를 설득하기 어렵다.

그래서 카라 이사님이 제안하는 이번 프로젝트가 다른 주제들과 비슷하면 안 될 텐데 하는 마음으로 다시 통화를 이어갔다. "그런데 누구신데요? 어떤 분이시기에." 카라 이사님은 다급한 목소리로 말을 이었다. "배우 조윤희 씨인데요. 최근에 차도에서 로드킬당할 뻔한 강아지를 구조했어요! 상태가 꽤 심각한가 봐요."

"헉!!" 소리를 낼 만큼 놀랐다. 두 번 놀랐다. 조윤희에 한 번, 로드킬에 한 번. 당시 조윤희 씨는 영화 〈럭키〉, 드라마 〈월계수 양복점 신사들〉 등으로 최고 주가를 달리는 배우였다. 그런데 이런 스타가 왜?

조윤희 씨가 동물을 좋아한다는 사실은 알고 있었다. 예전에도 종종 유기동물을 구조했다는 선행 기사를 읽었던 기억이 났을 정도니까. 그런데 예전부터 유기동물 구조 활동을 해오던 연예인이 굳이 펀딩까지 필요한 이유가 뭘까? 이사님이 다 말하지 못한 사연이 있을 것 같았다. 유기동물을 구한다는 이야기 외에도 다른 숨겨진 스토리가 나올 것 같았다.

"조윤희 씨가 직접 만나서 자세히 설명하고 싶다는데 시간 괜찮으세요?" 카라 이사님이 수줍게 물으셨다. 조윤희 씨를 직접 만난다고? 한 번 더 놀랐다. 거절할 이유가 없었다. "당장 뵙죠."

킹콩이, 너는 내 운명 〰️

조윤희 씨가 진짜 카카오로 찾아왔다. 동그란 안경과 검은 비니에 회색 후드티를 입은 수수한 차림새였다. 미팅 후에 구조한 강아지를 보러 케어 센터에 갈 예정이라고 했다. 연예인이라는 게 믿기지 않을 정도로 겉치레가 없었다. 스토리펀딩을 위해 사진을 한 장 찍었는데 이때 찍은 사진을 보정 없이 그대로 프로젝트 메인 화면에 사용했다.

조윤희 씨가 구조한 강아지는 '킹콩이'(나중에 직접 지어준 이름이다)라는 대형견이었다. 새벽부터 인천에서 드라마 촬영을 마치고 라디오 스케줄 때문에 여의도로 급히 이동하던 중 도로 위에서 움직이지 못하고 있는 시커멓고 커다란 녀석을 발견한 것이다. 누가 봐도 죽은 동물이라 생각할 만큼 처참했지만 조윤희 씨는 달랐다. "이미 죽었다고 생각할 수도 있는 상황이었지만 저는 직감적으로 이 아이가 살아 있다고 생각하고 뛰쳐나갔어요."

조윤희 씨는 킹콩이와의 만남을 '운명'이라고 표현했다. 그렇지만 운명은 가혹했다. 킹콩이는 숨이 붙어 있었지만 상태는 생각보다 심각했다. 앞다리가 골절됐고 척추가 부러졌다. 수술비로 적어도 1000만 원 이상의 큰돈이 들 거라고 했다. 무사히 수술을 마쳐도 앞으로는 스스로 배뇨를 할 수 없고 평생 네 다리로 걸을 수도 없다는 게 의사의 진단이었다. 조윤희 씨가 계속 말을 이었다. "유기동물을 좋아하지만 대형견을 키워본 적이 없고 계속 집에서 배변을 받아줄 수 있는 것도 아니어서 제가 킹콩이를 입양하긴 어려운 상황이에요. 그래도 살아 있는 생명을 다시 길에 내다버릴 수는 없잖아요."

배우의 포장된 이미지만 생각했던 나는 진솔하고 소탈한 그녀에게 많이 놀랐다. 그녀는 즉흥적으로 킹콩이를 구조하고 나서 수많은 걱정이 밀려들었고 처음으로 유기동물을 구조한 걸 후회하기까지 했다고 털어놨다. 정말 동물을 사랑하고 아끼는 사람만이 보여줄 수 있는 솔직함이었다.

버려진다는 것은 모두의 아픔 ～～～

그녀는 지금 여덟 마리의 강아지들과 함께 살고 있는데 모두 장애를 가진 유기견들이다. 눈을 적출해 앞을 보지 못하는 강아지도 있고 평생 약을 달고 살아야 하는 강아지도 있다. 그동안 여섯 마리의 강아지를 떠나보내기도 했다. 우리나라에서도 반려동물을 잃고 슬픔을 겪는 '펫로스증후군'이 심각한 문제로 떠오르고 있는데 윤희 씨 역시 이런 아픔을 수차례 겪었다.

하지만 인간만 괴로울까? 동물을 주제로 한 스토리펀딩을 진행하면서 배운 것이 있다. 버려진다는 건 인간만큼이나 동물에게도 힘든 일이라는 점이다. 유기동물들은 로드킬 등 생명의 위협뿐 아니라 정신적인 고통도 겪는다. 버림받았다는 기억을 평생 간직하고 산다. 실제 킹콩이도 보호 센터에서 머리를 벽에 쾅쾅 부딪히는 자해 증상을 보였다.

당장 킹콩이의 수술비와 휠체어 제작비가 필요했다. 그리고 조윤희 씨는 스토리펀딩을 통해 킹콩이를 입양해줄 사람을 찾았으면 좋겠다고 했다. 어쩌면 그것만 이루어도 의미 있는 펀딩일 수 있다. 하지만 나는 그걸로는 부족하다고 생각했다. 로드킬은 오랫동안 동물보호 활동가들에게 심각한 이슈였다.

그래서 프로젝트 확장을 제안했다. 킹콩이 이야기뿐 아니라 다른 동물들의 사연도 소개해달라고 부탁했다. 동물을 생각하는 평소 그녀의 마음을 스토리펀딩 독자들에게도 들려주고 싶다고 말했다. 윤희 씨와 킹콩이의 운명 같은 만남이 유기동물에 대한 사람들의 인식을 바꾸고 로드킬의 위험성을 알리는 계기가 되었으면 했다. 그녀도 바라던 바라며 고개를 끄덕였다.

동물을 제대로 대접하는 사회 〜〜〜

약 두 달간 진행된 '윤희와 킹콩이의 운명적 만남' 프로젝트는 목표로 했던 2000만 원을 훌쩍 뛰어넘어 총 4232만 4000원의 후원금을 모았다. 킹콩이도 무사히 수술을 마쳤고 동물보호단체 카라에서 킹콩이의 휠체어를 제작해주었다. 킹콩이의 수술비를 제외한 후원금 전액은 또 다른 킹콩이가 길가에서 발견되지 않도록 유기동물들을 구조하고 보호하는 기금으로 기부되었다.

여전히 스토리펀딩에는 유기동물을 주제로 한 프로젝트가 많다. 아직도 우리나라에 수많은 킹콩이들이 존재한다는 뜻이다. 어떤 유기동물들은 운명 같은 만남을 통해 구조되지만 대부분의 유기동물들은 평생 버림받은 기억을 간직한 채 정처 없이 길가를 떠돈다.

간디가 이런 말을 했다. "한 나라의 위대함과 도덕적인 진보는 그 나라의 동물이 받는 대우로 판단할 수 있다"라고. 동물처럼 너무 뻔할 수도 있는 주제들이 계속해서 끈질기게 다뤄져야 하는 이유가 바로 이것이 아닐까 싶다.

윤희와 킹콩이의 운명적 만남

그 자리
제가 양보할게요!

—   나는 어지간해서는 지하철에서 앉지
않는다. 그렇다고 항상 서서 가는 것도 아니다. 정말 어쩌다 앉는 때가 있
긴 하다. 한낮, 지하철이 텅텅 비어 앉지 않으면 조금 이상해 보이는 그런
날에는 나도 좌석에 앉는다. 앞서 말했듯 그런 경우는 드물지만.

　이유는 간단하다. 지하철의 좌석이 내 자리가 아니라는 생각이 들어
서 그렇다. 50대에 무릎을 수술하신 어머니를 생각하면 낯모르는 다른 어
머니께 자리를 내어드리고 싶다. 작은 체구로 아이를 데리고 다니는 아내
를 생각하면 다른 여성들이 자리에 앉는 게 마음 편하다. 정말 피곤해서
앉아 가고 싶으면 '좌석' 버스를 타면 된다. 지하철 좌석이 싫은 거냐고?
사실 다른 이유가 있다.

임신이 도전이 된 시대 〰️

서른이 되고 아이의 아빠가 되고 나서야 '유산'이 머나먼 동네의 모르는 아주머니 친구네 친척의 이야기가 아니라 누구에게나 일어날 수 있는 흔한 일임을 알게 됐다. 친구네 부부, 회사 동료가 유산을 겪고 마음고생을 심하게 했다. 유산뿐만이 아니었다. 기본적으로 임신이 어려웠다. 난임 때문에 휴가를 모두 병원에 반납했던 친구도 있었다.

뉴스를 틀면 저출산 문제가 심각하다는 보도가 나온다. 인구 절벽을 넘어 국가적 위기 상황이라는 것이다. 왜 동네에서 임산부를 보기 힘들고 갓난아기를 보기 힘든지 이미 우리는 잘 알고 있다. 한국은 아기를 낳아 키우기에 좋은 사회가 아니다. 우리는 낳겠다는 생각이 '큰 용기'인 시대에 살고 있다. 용기를 냈다고 끝이 아니다. 앞서 언급한 것처럼 유산과 난임이 걸림돌이 된다. 그리고 다른 걸림돌도 있다.

노약자석에서 쫓겨난 임산부들 〰️

한 사건이 있었다. 어떤 어르신이 노약자석에 앉은 초기 임산부에게 비키라며 배를 찌른 사건이다. 아마 그 어르신은 배가 나오지 않은 임신 초기 임산부를 보며 건강한 젊은 여성이 노약자석에 앉아 있다고만 생각했을 것이다.

부끄럽지만 고백하건대, 나 역시 임신 초기가 정말 중요하단 걸 아내가 임신하고 나서야 알았다. 배가 불룩한 임산부만 조심해야 하는 것으로 알았다. 그런데 오히려 임신 6개월 이상은 안정기라고 한다. 임신을 전체적인 과정으로 보면 초기가 가장 중요하다. 아직 아기가 너무 작기 때문에 사소한 일로도 유산이 된다. 그래서 눈으로 보기엔 전혀 티가 나지 않아도 가장 먼저 보호받아야 할 시기가 임신 초기다.

그 어르신도 임신 초기가 중요하다는 걸 몰랐을 것이다. 그래서 지하철에는 분홍색으로 임산부 배려석이라는 표시를 해둔 좌석이 만들어졌다. 임산부들이 편하게 앉으라고 만든 자리지만 실제로 임산부들이 그 자리에 앉기는 힘들다. 임신 3개월인 동료는 지하철에서 '임산부 배지'를 달고 있어도 자리를 양보받은 적이 없다고 했다.

2000년대 초반 모 기업의 광고는 "우리 자리가 아니잖아"란 말로 노인과 임산부-장애인-아이가 함께 앉는 노약자석을 노인석으로 만들어버렸다. 노약자석을 홍보는 했지만 노약자석을 이용할 수 있는 사람을 노인으로 한정해버린 것이다.

언제까지 임산부들에게 지하철이 괴로운 공간이 되어야 할까. 아이를 낳지 않아 국가가 위기라면서 정작 임산부에게 자리 하나 만들어주지 않는 분위기를 바꾸어야 했다. 어떻게 사람들의 인식을 전환할까 고민하던 차에 평범한 직장인인 명신 씨라는 분이 취지가 비슷한 프로젝트를 제안했다. 스토리펀딩 팀에서 바로 명신 씨를 만났다.

돕겠다는 말풍선이 있다면? ~~~~~

'임산부에게 자리를 양보하겠습니다' 프로젝트는 겉으로는 드러나지 않지만 가장 위험한 시기인 초기 임산부를 위한 프로젝트다.

> "도움이 필요한 사람이 도움을 요청하는 방식이 아닌, 도움을 줄 수 있는 사람이 먼저 손을 내밀 수 있는 방식을 찾고 싶었습니다. 자리에 앉은 사람들이 양보의 뜻을 직접 전할 수 있다면 임산부들은 자리를 찾아 헤매는 수고를 덜 수 있을 것입니다."

명신 씨의 프로젝트 소개 글이다. 어느 임산부가 할머니와 함께 지하철을 타는 장면을 보고 프로젝트를 구상했다고 한다. 청년이 자리를 양보하자 임산부는 할머니를 앉게 했다. 명신 씨가 임산부에게 자리를 양보하기 위해 임산부를 불렀지만 명신 씨의 목소리를 듣지 못한 임산부는 자리를 찾아 다른 칸으로 이동했다.

> "내가 양보할 마음이 있어도 알아보지 못하는구나. 만화처럼 내 머리 위에 '양보하겠다'는 말풍선이 떠 있었다면 마음 편히 내게 도움을 청했을 텐데. 도움을 줄 수 있는 사람이 먼저 말을 걸면 어떨까."

사소하지만 놀라운 발상의 전환이었다. 이미 지하철에서는 임산부에게 배지를 나눠주고 있지만 그 배지가 무용지물이라는 건 모두 다 아는 사실이었다. 오히려 배지를 달고 다니는 임산부들에게 "자리를 맡겨놓은 것처럼 내 앞에 섰더라"는 냉혹한 말들이 오간다는 걸 모두가 알고 있었다.

임산부에게 '임산부'임을 증명하라고 말하는 대신 도우려는 사람이 먼저 자신의 뜻을 표현하자는 취지로 작은 배지를 만들기로 했다. 지름 5센티미터의 파란색 배지 위엔 "나는 임산부에게 자리를 양보하겠습니다"라는 문구가 적혀 있다. 도움을 뜻하는 '손'이 배지 양 끝에 그려졌다.

그 자리 제가 양보하지요! ~~~~~

펀딩 기간 동안 많은 분들이 댓글을 달았다. 여전히 임산부가 그렇게까지 배려를 받아야 하는 이유를 모르겠다는 분들의 댓글도 있었고 이런 캠페인만으로도 눈물이 난다는 임산부의 댓글도 있었다. 전 국민적으로 확산되어야 할 캠페인이라는 것에는 많은 분들이 공감하고 있었다. 임산부에 대한 홀대가 단순히 어제오늘의 일은 아니라는 것을 모두가 느끼고 있던 것이다.

5차에 걸친 연재를 통해 440만 5000원을 후원받아 배지 제작에 들어갔다. 이 배지는 후원자들에게 우선적으로 배포하기로 했지만 지하철공사에서도 관심을 보였다. 논의를 진행해 지하철에서 무료로 배포하는 방안도 검토하는 중이다. 임산부에게 자리를 양보하고 싶었던 평범한 직장인의 아이디어가 세상에 작은 파문을 일으킨 것이다.

"처음 펀딩해봤어요. 약자가 약자임을 드러내야만 양보받는 게 이상하단 생각을 왜 진작하지 못했을까요. 얼른 배지를 달고 다니고 싶어요. 누군가 한 명쯤 부담 없는 양보를 제게 받았으면 좋겠어요. 좋은 펀딩 진행해주셔서 감사합니다."

- 망고 님

스토리펀딩을 진행하다 보면 가끔 감았던 한 눈을 뜨고 처음으로 세상을 보는 듯한 경험을 하게 된다. 감았던 눈을 뜨면 그간 한 눈만으로 보았던 세상이 누군가에게 보이지 않는 폭력을 행사했다는 사실을 깨닫게 된다. '임산부에게 자리를 양보하겠습니다'라는 배지 프로젝트가 내게 그런 경험을 선사했다.

우리는 이제까지 양보받아야 할 사람에게 '너에게 양보해줄 테니 잘 표시하고 다녀'라는 생각을 갖고 약자를 대했던 것은 아닐까? 양보를 해달라는 배지를 달고 양보를 기다리게 하는 대신 양보할 사람이 먼저 손을 내밀어야 한다.

그나저나 그 배지가 없어서 어떻게 도우면 될까 고민하는, 마음 고운 분들은 나처럼 아예 지하철 좌석을 내 자리가 아니라고 생각하면 된다. '양보한다'는 마음을 버리고 아예 '애국한다'는 마음으로 자리를 내어주면 더 좋다.

여담이지만 스토리펀딩에는 이런 댓글도 있었다. "임산부가 상전이냐?"

시간이 지났으니 나도 내 목소리를 내고 싶다. 임산부가 상전이냐고?
상전 맞다.

 그 자리 제가 양보할게요!

어쩌면 우린
모두 예비 장애인

—   고등학교 때부터 만나온 20년 지기
형이 있다. 그 형은 남대문 시장에서 가방 장사를 했다. 그 형은 어딘가
《삼국지》의 '장비' 같은 느낌이 들 정도로 풍채가 좋고 힘도 셌다. 게다가
술을 좋아하고 야구도 좋아했다. 우리는 만나면 소주 한잔을 기울이며 서
로의 안부를 물었다.

2009년 어느 봄날이었다. 형의 여자 친구에게서 연락이 왔다. 형이
갑자기 쓰러졌다는 것이다. 목소리가 다급해 병원부터 달려갔다. 형은 의
식이 없는 상황이었다. 의사 말로는 급성 뇌졸중이었다. '그럴 리가?'라는
생각이 먼저 들었다. 바로 이틀 전에도 형과 함께 야구를 봤다. 야구를 함
께 보던 그날 유난히 형의 컨디션이 좋지 않아 보이긴 했다. 따뜻한 날씨
였는데도 춥다고 했다. 결국 형은 여느 때와 달리 한잔 더 마시지 않고 야

구가 끝나자마자 바로 집에 들어갔다. '그때 병원에 가보라고 할걸.' 내가 미워질 만큼 후회스러웠다.

형은 이후 위험한 수술을 했다. 다행히 깨어났지만 몸의 절반, 왼쪽이 마비되었다.

한 번의 뇌졸중이 준 타격 〰〰

스토리펀딩의 창작자이자 나의 20년 지기 형인 양형석 작가는 '뇌졸중, 30대라고 피해가진 않더라' 프로젝트에서 그때의 상황을 이렇게 전했다.

"저에게도 평생 잊지 못할 특별한 날이 있습니다. 제 인생이 이날 이후로 제2막이 열렸다고 해도 큰 과장이 아닐 겁니다. 그날은 바로 2009년 4월 10일입니다. 특별한 사건도 일어나지 않았던 평범한 금요일이었고 저에게도 별반 다르지 않았습니다(응원하는 야구팀의 마무리 투수가 라이벌팀의 4번 타자에게 끝내기 만루 홈런을 맞고 패해 기분은 썩 좋지 않았습니다). 일상과도 같은 야근을 마치고 집으로 돌아왔고 여느 때처럼 자기 전에 화장실에서 이를 닦고 있었습니다.

한창 이를 닦던 중 그토록 애가 타게 찾아 헤맨 내 이상형을 발견한 것도 아닌데 갑자기 다리에 힘이 풀려 화장실 바닥에 주저앉고 말았습니다. 처음엔 대수롭지 않게 생각하며 일어나려 했는데 몸이 전혀 말을 듣지 않았습니다. 보통 드라마에서 회장님들이 젊은 실장이나 비서의 배신에 충격을 받으면 뒷목을 잡고 뒤로 쓰러지더니만 저는 오히려 온몸에 힘이 스르륵 빠지는 느낌이 훨씬 강했습니다.

사태의 심각성을 깨달았을 때는 더욱 힘이 빠져 안방에서 주무시는 부모님을 깨울 만큼의 큰 목소리조차 나오지 않았습니다. 저는 간신히 기어서 방으로 돌아갔는데 마침 당시 교제하고 있던 여자 친구에게서 전화가 걸려 왔습니다. 저는 힘겹게 통화 버튼을 눌러 신음인지 비명인지 알 수 없는 소리들을 내뱉었습니다. 제대로 된 목소리조차 낼 수 없던 저에게 휴대전화는 유일한 희망이었기 때문에 무슨 소리라도 내야 했습니다.

수화기 너머로 들려오는 정체 모를 소리에 여자 친구는 크게 당황했지만 이내 정신을 차리고 저 대신 119로 전화를 해 구급차를 불렀습니다. 곧 119 대원들이 도착했고 저는 구급차에 실려 병원 응급실로 갔습니다. 그때부턴 사실상 혼수 상태였기 때문에 긴박했던 2009년 4월 10일 밤의 기억은 그렇게 끊어졌습니다."

우리도 장애를 모른다 〜〜〜〜〜〜

나는 솔직히 장애를 잘 몰랐다. 잘 모름에는 두 가지가 있었다. 관심이 없었기 때문에 몰랐던 것도 있고, '설마 내 주변이나 나에게 그런 일이 일어나지는 않겠지'라는 생각에 몰랐던 것도 있다. 형의 이야기를 접하기 전에는 장애인을 길에서 만나면 '불편하겠다'라는 측은함과 '아, 그런데 시선을 어디에 둬야 하지?'라는 당황스러움을 느끼는 것이 고작이었다. 어떻게 보면 그만큼 관심도 없고 둔감했던 것이다.

그러다 가까운 사람이 장애인이 되니 느낌이 달랐다. 장애는 불편함이나 측은함으로 환원할 수가 없었다. 형이 막 깨어났을 때는 화장실에서 뒤처리도 혼자 하지 못했다. 간병인이 없는 상태라 내가 도와주기도 했다. 형은 그런 상황을 부끄럽다고 피할 수도 없었다.

삶이 바뀌어야 했다. 이제까지 가능했던 것들이 모두 불가능해지기에 삶의 방식 전체를 바꿔야 했다. 그렇게 건강하던 사람이, 소주 두 병을 먹어도 거뜬하던 사람이 무력해지는 모습을 보고 나도 마음이 아팠다.

한 번의 뇌졸중으로 일상이 어그러져버린 그는 우울했지만 현실을 받아들였다. 현재 할 수 있는 일을 찾아야 했다. 그는 장애를 얻기 전부터 글을 써왔다. 본업이 있음에도 시민기자 활동을 했고 블로그 활동도 열심히 했었다. 그 일을 계속하기 위해 그는 한 손으로 타자치는 걸 연습했다.

"수술 후 일반 병실로 옮기고 뇌졸중의 충격에서 벗어날 무렵 형에게 부탁해 집에서 사용하던 노트북을 병원으로 가져 왔습니다. 갑작스러운 입원과 수술로 밀린 글이 있었기 때문에 병원에서 시간이 남을 때 써두면 좋겠다는 생각에서였죠. 하지만 쉽지 않았습니다. 제 오른손은 생각보다 더 많이 굳어 있었고 두뇌 회전은 그보다 더 느렸습니다. 저는 잠시 좌절했지만 다시 글을 쓰는 일 역시 뇌졸중 재활의 일부라 생각하고 저만의 체계적이고 장기적인 계획을 세웠습니다.

뇌 활동이 하루아침에 정상으로 돌아올 수 없다면 우선 한 손으로 글을 쓰는 일에 익숙해지기로 했습니다. 먼저 어린 시절 처음 타자를 배울 때처럼 타자 프로그램을 다운받아 연습을 했습니다. 하지만 중학교 입학 이후로는 한 번도 해본 적 없는 타자 연습을 다시 하려니 금방 지겨워지더군요. 그래서 생각한 다른 방법이 채팅이었습니다. 저는 메신저에 보이는 지인들에게 닥치는 대로 메시지를 보냈습니다.

한창 바쁜 시간에 의미 없는 수다를 들어야 했던 지인들에게는 미안했지만 저는 그 덕에 불편함을 느끼지 않을 정도로 한 손 타자가 익숙해졌습니다. 그리고 남는 시간에는 각 분야의 기사들을 읽으며 시대 흐름을 따라가기 위해 노력했습니다(아무리 검사가 많고 재활 과정이 복잡해도 병원에 입원하면 여가 시간이 상당히 많습니다). 그렇게 저만의 '글쓰기 재활'이 어느 정도 마무리됐다고 판단한 2009년 11월, 저는 블로그 활동과 기사 송고를 다시 시작했습니다."

한 손으로 타자를 치며 시작한 재활 〰〰〰

한 손으로 타자치기가 익숙해지자 그는 블로그 활동과 기사 쓰기를 다시 시작했다. 글쓰기 재활을 통해 그는 불편한 몸에서 최대치를 끌어냈다. 움직일 수 없는 상황은 그에게 다양한 집필 활동을 하게 했다. 글쓰기 재활로 자신감을 얻으면서 가게에도 다시 나갔다. 새롭게 일을 시작했다.

스토리펀딩 데뷔는 내가 설득했다. 그는 처음에 망설였다. 남에게 치부를 드러내는 것 같아서 꺼렸던 것이다. 하지만 나 역시 형을 통해 알게 되었지만, 뇌졸중은 누구에게든 찾아올 수 있다. 뇌졸중을 글쓰기 재활로 버텨내는 사례는 스토리로 큰 가치가 있을 뿐만 아니라 언제 갑작스레 사고를 당해 일상의 단절을 겪을지 모를 우리들에게도 유용하다고 판단했기에 더 열심히 설득했다. 형은 고민을 거듭하다가 글을 쓰기 시작했다. 펀딩의 성공 여부를 떠나 형이 글을 쓰는 일이 개인적으로 뿌듯했다. 그의 용기 있는 고백에 나뿐만 아니라 많은 이들이 공감하고 응원했다.

> "제목을 보고 글을 올립니다. 저(45세)도 3년 전 평소 다니던 헬스장에서 운동 중 갑자기 호흡이 엉키는 느낌을 받고 그대로 혼절하여 119로 병원에 실려가 뇌출혈 진단을 받고 수술했습니다. 극적으로 수술이 잘돼 후유증 거의 없이 생활하고 있습니다. 하지만 수술 직후 몇 달간은 기억력 때문에 많이 고생했죠. 여러분들도 평소에 너무 건강을 맹신 마시고 잘 관리하세요. 응원할게요."
> – 희야 님

스토리펀딩에서는 장애에 대한 편견을 깨는 프로젝트들도 시도 중이다. 뇌졸중을 겪은 형의 이야기뿐만 아니라 지체장애인의 여행 이야기

'휠체어 여행도 유쾌할 수 있어' 프로젝트도 그 일환이었다.

장애를 무의미하게! ~~~~~

지체장애인들의 휠체어 여행 프로젝트는 '무의'라는 콘텐츠 제작 단체에서 진행했다. 무의라는 말은 '장애를 무의미하게 하자'라는 의미를 담고 있다. 그들은 휠체어를 타고도 완벽한 여행을 해낸 이들의 스토리를 전했다.

휠체어 여행은 단순히 일회적인 이벤트가 아니다. 2015년 미국 휠체어 여행책에 이어 2016년에는 서울 휠체어 여행책을 발간했다. 영어와 한글로 서울시내 주요 명소 열 곳의 휠체어 여행기를 만들었다. 명소 소개, 근처의 유서 깊은 맛집 탐방, 휠체어로 즐길 수 있는 놀 거리 소개, 휠체어 접근 정보를 동영상으로 제공했다. 그들의 실험 결과 지체장애인들도 충분히 여행을 즐길 수 있었고 행복할 수 있었다.

그렇다면 장애와 비장애를 나누는 기준은 무엇일까? 어쩌면 그 기준은 '우연'일지 모른다. 비장애인들은 '우연히' 비장애인이 되었고 장애인들은 '우연히' 장애인이 되었다. 어떤 기준 없이 우연에 따라 나오는 결과라면 장애는 우리가 삶을 포기할 만큼 커다랗고 위험한 것이 아니다. 가까운 형을 통해 장애인의 이야기를 지켜보고 스토리펀딩까지 진행해본 입장에서 이것만은 말할 수 있다. 누구든 장애인이 될 수 있다.

좀 더 적극적으로 말하자면 우리 모두는 '예비 장애인'이다. 만약 모두들 내가 장애인이 될지 모른다고 생각하면 장애를 대하는 우리의 시선은 지금보다 더 큰 곡선을 그리며 달라질지 모른다. 그렇기 때문에 우리는 장애인과 함께 살아가는 세상을 꼭 만들어야 한다.

 어쩌면 우린 모두 예비 장애인

무지갯빛 세상을
꿈꿉니다

—   스토리펀딩 서비스를 맡기 전 포털
사이트 다음(Daum) 뉴스팀에서 뉴스 콘텐츠를 편집했었다. 하루 3만여
건의 기사가 전송되면 기사의 경중을 파악해서 주요 영역에 배치하고 댓
글을 수시로 확인하는 것이 내 업무였다. 이 일만 6년 정도 했다.

기사와 댓글을 자주 보다 보면 기사 제목만 보고도 댓글이 예상되는
경우가 있다. '이 기사엔 욕이 달리겠구나', '이 기사는 선플이 달리겠구
나', '이 기사는 무플이겠구나' 하는 예측. 6년 정도 일을 하면 이 예측이
어느 정도 들어맞는다.

무조건 악플이 달리는 키워드들이 있다. 바로 '페미니즘', '외국인 노
동자', '성적 소수자'다. 이 세 가지 키워드는 기사를 올리자마자 악플이
달린다. 말 그대로 기사 내용조차 읽지 않은 채 헤드라인만 보고 악플을

다는 것이다. 기사를 읽지 않고 악플을 단다는 건 그만큼 이유나 논리도 없이 미워하는 혐오의 감정이 담기지 않고서는 할 수 없는 일이다.

그래도 최근 페미니즘 기사엔 예전만큼 악플이 달리지 않는다. 점점 페미니즘에 대한 인식이 달라지고 있는 것이다. 이렇게 되기까지 페미니즘 전문가들의 활약이 컸다.

혐오는 지치지도 않아요 ~~~~~

많은 여성들의 치열한 싸움을 통해 페미니즘 관련 기사의 댓글창은 어느 정도 안정화되었지만 외국인 노동자와 성적 소수자에 대한 기사에는 여지없이 혐오성 댓글이 달린다. 문제는 댓글창에서 그들을 대변해 싸워줄 사람도 많지 않다는 점이다. 그렇게 자기 항변의 기회조차 없이 악플이 베플이 되어 댓글창 전체를 장악한다. 외국인 노동자와 성소수자는 그런 면에서 보면 예전부터 지금까지 언제나 사회적 약자이자 소수자다.

소수자는 수의 문제가 아니다. 만약 숫자의 문제라면 우리나라의 권력자는 모두 소수자고 평범한 우리가 다수자가 되어야 하겠지만 현실은 그렇지 않다. 소수자는 숫자의 많고 적음이 아니라 권력의 문제다. 자기를 대변할, 자기를 설명할 힘조차 갖지 못하는 사람들이 소수자다.

그렇다면 우리는 자기를 대변할 수 없는 사람들을 배척하고 모른 체해야 하는 것일까? 나와 다르다고 한 사람씩 밀어내기 시작하면 어떻게 될까? 결국 타인을 밀어내는 나 자신조차 다르다는 이유로 다른 누군가에게 밀려날지 모른다. 그렇기 때문에 우리는 함께할 수 있어야 한다. 그들의 가치를 내 것으로 받아들이지는 못해도 사회에서 함께 살 수는 있어야 한다.

특히 성소수자는 혐오로 해결할 수 있는 문제가 아니다. 그들은 어쩌면 남과 여로만 나뉜 우리의 이분법적 세계에 균열을 내며 세상을 풍성하게 만들어주는 특별한 존재들이 아닐까? 이런 생각이 유토피아처럼 황당무계하게 들린다면 이렇게 말하겠다. 성소수자에 대한 대우는 곧 한 국가의 수준이기도 하다고. 우리 대부분도 다른 나라를 판단할 때 그 나라가 소수자를 어떻게 대우하는지를 보며 나라의 수준을 평가하지 않는가.

누군가에게 자리를 마련해준다는 것 ~~~~~

스토리펀딩도 언제나 소수자들을 모른 체할 수는 없었다. 소수자들이 목소리를 낼 수 있는 공간이 필요하다면 그곳은 스토리펀딩이 되어야 한다. 세상 모든 이들에게 창작자가 될 수 있다고 말한다면 성적 소수자들에게도 그 공간을 제공해야 한다.

그러나 결정까지는 쉽지 않았다. 그동안 뉴스펀딩에서 성적 소수자들이 목소리를 냈을 경우 어떤 일들이 있었는지 떠올랐기 때문이다. 악플. 무척 단순하게 들리지만 그 안에 담긴 성적 소수자에 대한 악의는 우리의 상상을 뛰어넘었다.

스토리펀딩 팀에서 좋은 취지로 성적 소수자를 위한 공간을 마련한다 하더라도 댓글까지 통제할 수는 없었다. '여기서 한번 이야기해보세요'라고 장을 펼쳤지만 거기 혐오성 댓글만 달려든다면……. 그들에게 말을 하라고 제안할 수는 있지만 거기서 오는 상처까지 당신이 감수하라고 강요할 수는 없었다.

딜레마였다. 성소수자들에게 마이크를 쥐여주자니 악플이 달릴 테고, 악플이 두렵다고 그들에게 침묵을 지키라고 말할 수도 없었다. 그래서 이번만큼은 시스템을 바꿨다. 그전과 달리 모든 이용자가 댓글을 달 수 없게 했다. 후원자만 댓글을 달 수 있게 했다. 아무리 싫더라도 돈을 내고 욕할 사람은 없지 않겠는가?

안 아픈 사람, 어디 있나요? ~~~~~

그렇게 반폐쇄형 댓글 시스템으로 시작한 프로젝트가 바로 김승섭 고려대 보건정책관리학부 교수의 '트랜스젠더 건강 연구 시작합니다' 프로젝트다. 이것은 한국 의료 시스템의 사각지대에 놓인 트랜스젠더들에게 더 나은 건강과 삶을 보장하기 위해 필요한 변화는 무엇인지 알아보는 프로젝트였다. 후원금은 트랜스젠더 건강 연구를 위한 설문 조사 비용과 연구 결과를 알리는 홍보 비용으로 사용됐다.

과연 될까 싶었지만 결과는 놀라웠다. 원래 목표했던 금액을 164퍼센트나 초과한 1644만 9000원의 후원금이 모였다. 생각보다 많은 사람들이 이 프로젝트에 공감했다. 말을 하지 못하고 숨어 있던 수많은 성소수자들의 후원이 많았다. 이 프로젝트는 평소 목소리를 내기 어려웠던 이들에게 오아시스가 됐다.

"수익성이 전혀 없다는 까닭으로 정부나 기업으로부터 철저히 외면받기 마련인 이런 연구를 열악한 환경과 연구에 방해만 되는 보수적인 사회 분위기마저 극복해가며 진행해주셔서 진심으로 감사드립니다. 아직 이 나라, 소수자가 살기에는 너무나도 버겁고 힘겨운 곳입니다. 그러나 그렇다고 해도 연구를 묵묵히, 꾸준히 진행해주시는 여러분 같은 분들이 계시기에 세상은 그래도 살 만하다고 말하고 싶습니다."   - 알바트로스 님

"같은 트랜스젠더로서 뜻깊은 연구에 도움이 되고자 후원합니다. 부족하지만 앞으로의 후배들을 위해서라도 연구가 잘 진행이 되어서 트랜스젠더의 건강 매뉴얼이 만들어지고 사회에서도 인정받는 훌륭한 분들이 많이 동참했으면 좋겠네요."   - Dosion 님

김승섭 교수는 프로젝트를 마무리하며 후원자들에게 고마운 마음을 전했다. 그리고 이 연구를 하면서 어떻게 자신도 변했는지 솔직하게 고백했다. 역시나 이야기는 사람을 변하게 한다. 마음을 움직여 사람을 변하게 하는 것이 진정으로 스토리의 힘이라는 생각이 드는 글이었다.

"저는 성소수자 건강 연구를 시작하기 전까지 트랜스젠더를 만나본 적이 없었습니다. 과거에 텔레비전에서 하리수 씨를 본 게 전부였어요. 그러다가 몇 년 전 성소수자 건강 연구를 시작하면서 트랜스젠더 친구들이 생겼습니다. 그들과 함께 글을 쓰고 치킨집에서 맥주를 마시고 그렇게 지내면서 정말 많은 것을 배웠습니다. 내게는 아무런 문제가 되지 않는 것들이 그들에게는 숨 막히게 높은 장벽일 수 있음을 깨닫기 시작했어요.

함께 맥주를 마시는 동안에 건너편 테이블에서 우리 쪽을 힐끔거리면서 함부로 말하는 사람들로부터 느끼는 불쾌감이나 남녀로만 구분되어 있는 화장실을 갈 때마다 조심스러워지고 고민하게 되는 것이나 트랜스젠더에 대한 전문적인 지식을 갖춘 의료인들이 없어서 병원을 방문하는 것 자체가 힘든 것까지요.

지난 몇 년간 무엇이 더 합리적이고 올바른가를 따지는 것이 아니라 누가 더 힘이 있는지를 먼저 물었던 한국 사회에서 연구라는 것이 어떤 의미를 가질지 회의가 들기도 합니다. 과연 트랜스젠더가 겪는 차별과 어려움, 그리고 그것들이 이들의 몸을 어떻게 해치는지에 대한 좋은 연구가 쌓이면 세상을 조금이라도 바꿀 수 있을까. 무관심하고 냉소적인 사람들을 조금이라도 설득할 수 있을까. 잘 모르겠습니다.

하지만 당장 눈에 보이는 희망이 없다고 해서 그냥 주저앉아 슬퍼할 수는 없지요. 학자로서 제가 할 수 있는 일을 최선을 다해서 하려고 합니다.

자, 트랜스젠더 건강 연구, 이제 시작하겠습니다."

LGBT, 무지개가 빛나는 세상으로 〰〰

스토리펀딩의 성공 기준은 후원 금액이라고 생각할 때가 많다. 먼저 수치가 나와야 '펀딩 성공'이 뜨고, 후원자와 창작자 모두가 만족할 수 있는 결과가 만들어지기 때문이다.

그러나 이번 '트랜스젠더 건강 연구' 프로젝트는 다른 느낌이었다. 처음으로 반폐쇄형 시스템을 만들 만큼 나도 창작자도 조심스러웠다. 나 역시 프로젝트를 진행하면서 악플만 생각했을 뿐, 성소수자들이 정말 어떤 고민을 안고 있는지 미처 헤아리지 못했다.

사실 그들은 나와 크게 다르지 않았다. 그런데도 사소한 다름이 좁힐 수 없는 차이가 되어 그들은 없는 사람처럼 다루어지고 있었다. 트랜스젠더도 아플 수 있기에 의료 서비스가 필요하지만 국내에는 그들의 건강을 연구하는 기관조차 없었다.

지금껏 나는 나 자신이 나름 성소수자에게 무관심한 사람은 아니라고 생각했었다. 하지만 '트랜스젠더 건강 연구' 프로젝트를 진행하면서 어쩌면 나도 다른 사람들처럼 그들의 목소리를 듣지 않으며 자신도 모르게 그들을 배척하고 있었던 것은 아닌지 고민해보게 되었다. 성소수자의 구체적인 건강과 죽음까지 함께 고민해야 진정한 관심이 아닌지 새롭게 생각하게 되었다.

그들에게 반대하지 않는 것만으로도 도움을 준다고 생각하는 것은 어쩌면 기만일 수 있다. 그들에게 말할 권리를 주고 귀를 기울이는 것은 배려가 아니라 함께 살아가는 구성원들에 대한 윤리다. 성소수자를 배제하는 사회는 건강한 사회가 아니다. 모두가 함께 생긴 대로 살아갈 수 있는 곳이 건강한 사회다. 이 프로젝트를 진행하면서 스토리펀딩을 통해 소수자들의 목소리를 담는 그릇을 잘 빚어내고 싶어졌다.

LGBT, 레즈비언(lesbian)과 게이(gay), 양성애자(bisexual)와 트랜스젠더(transgender)를 의미한다. 그리고 이들을 상징하는 색은 알록달록한 '무지개 색'이다. 우리 주변엔 사회적 편견 때문에 자신의 정체성을 밝히지 못하는 LGBT가 분명 많을 것이다. 개인적으로는 성소수자들이 스토리펀딩을 많이 찾아주었으면 좋겠다.

필요하다면 성소수자들이 못 다한 이야기들, 서운했던 이야기들, 행복했던 이야기들을 마음껏 나눌 수 있도록 다양한 이야기들이 살아 숨 쉬는 공간을 준비해두려고 한다. 스토리펀딩을 통해 보다 다양한 시선과 다양한 색깔을 가진 이야기들이 그들만의 모험을 떠나길 바라본다. 그리하여 결국엔 비 오는 날만이 아니라 맑고 환한 날에도 희망의 무지개가 스토리펀딩에 가로놓이길 기대해본다. 마지막으로 전국의 트랜스젠더 분들 건강하시길!

 무지갯빛 세상을 꿈꿉니다

4장

세상을 바꾸는
1%의 이야기

하나도 거룩하지 않은
이야기

—　　　　　　　　　　　　　　시작은 한 장의 사진이었다. 허름한
옷차림의 한 남자가 앰프를 나르는 사진. 뒷모습이 찍힌 사진 밑에 드리
워진 짙은 그림자를 보는 순간 햇볕이 상당히 강렬했음을 느낄 수 있었
다. 이 사진이 왜 사회 면에 실렸는지 궁금해서 도대체 누구냐고 묻자 다
들 놀라는 표정으로 말했다. "얼마 전에 스토리펀딩으로 박상규 기자와
재심 3부작을 진행했던 변호사 박준영 씨잖아요."

변호사의 뒷모습은 처음이었다. 박준영 변호사가 재심을 진행하기
위해 더운 날 앰프를 끌고 다녀야 할 정도로 어려운 형편인 것을 그때도
잘 몰랐다. 일전 몇 번 만났지만 평범한 변호사보다 원래 소탈한 사람이
라고만 생각했다. 뒤늦게 알았지만 당시 박준영 변호사는 상당한 곤경에
처해 있었다. 지금부터 재심 전문 변호사로 유명한 박 변호사의 이야기를

해보려고 한다. 박 변호사가 스토리펀딩을 통해 '재심'이라는 말을 널리 알리기도 했기에 순서대로 하나씩 말해야 할 것 같다.

재심? 그게 뭐기에 ~~~~~

먼저 재심(再審), 그 말부터 알아야 한다. 지금이야 어깨를 으쓱대며 '재심'이라는 말을 흔하게 사용하지만 솔직히 처음에는 무슨 말인지 몰라 찾아보아야 했다. 재심이란 사실관계에 흠결이 있을 때 재판부에 새로이 청구할 수 있는 심판을 말한다. 재판부에서 결정되는 판결은 사람의 삶을 바꿔놓을 만큼 무겁다. 그렇기에 신중을 기하고 최대한 오류가 없어야 하지만 판사도 인간인지라 때로 오심이 생기기도 한단다. 실수를 바로잡는 일이 뭐 그리 어렵겠나 싶었지만 재심은 판사의 판결을 부정하는 일이기 때문에 청구 자체가 매우 드물고 받아들여지기도 어렵다고 한다.

　박준영 변호사는 스토리펀딩에서 재심 3부작을 먼저 진행했다. 그가 맡은 사건을 보면, 2015년 수원 노숙 소녀 살인 사건을 시작으로, 2016년 삼례 나라슈퍼 3인조 강도 치사 사건과 익산 약촌오거리 살인 사건 등 우리에게도 잘 알려진 흉악한 사건들이 다수 있었다. 재판에서 이기기도 힘들지만 자칫 그의 판단이 잘못되면 흉악범의 편을 늘게 된다. 그가 수년 동안 재심에 집중해온 어떤 특별한 이유가 있을까.

"그들 한 사람 한 사람의 잘못을 따지고 비난하기 위한 게 아닙니다. 목적은 진실을 찾는 데 있습니다. 그들에게는 잘못을 인정하고 진심으로 사과하는 모습만을 기대해야 합니다."

— 〈하나도 거룩하지 않은 파산 변호사〉 8화에서

박준영 변호사도 처음부터 재심에 집중했던 것은 아니다. 원래는 국선변호인으로 활동했었다고 한다. 그러던 2011년 어느 날, 강인구 씨(삼례 나라슈퍼 3인조 사건)의 사연을 방송에서 처음 접했다. 방송을 보면 볼수록 뭔가 이상하다는 생각을 떨칠 수가 없었던 그는 직접 사건을 파헤치기로 결정했다고 한다. 이미 끝난 사건을 조사하는 일은 어렵지 않을 거라고 생각했지만 현실은 그의 생각과는 달랐다. 사건의 피해자와 유가족 그리고 기록을 찾기까지 꼬박 3년이 걸렸다. 그리고 박준영 변호사와 많은 사람들의 노력으로 피고인 취급을 받던 이들의 무죄를 입증하는 데는 무려 17년이 걸렸다.

도대체 어쩌다 죄 없는 사람들이 가해자가 되었는지를 되짚어보던 그는 피고인들에게 적법한 증거와 절차에 따라 합리적이고 공정하게 재판을 받을 권리가 주어지지 않았음을 확인했다. 만약 그들이 약하고 가난한 사람이 아니었다면 결과는 달라지지 않았을까? 이 물음이 그가 재심 사건을 적극적으로 맡는 계기가 되었다.

심지어 잘못된 판결을 바로잡지 못하고 이미 징역 10년의 형기를 마친 사람의 이야기를 들었을 때는 잘못된 판결이 얼마나 무서운 것인지 확인할 수 있었다. 박준영 변호사는 주요 재심 사건에서 결국 무죄 판결을 이끌어냈고 그들의 억울함을 풀어주었다. 여기까지가 재심 3부작의 이야기다.

일할수록 가난해졌다 ~~~~~~

박 변호사는 사법체계의 잘못을 바로잡으면서 세상을 향해 꾹꾹 닫힌 의뢰인들의 마음도 함께 열었다. 삼례 나라슈퍼 3인조 강도 치사 사건의 재심을 진행할 당시 그는 기자 회견을 하면 반드시 세 의뢰인에게 마이크를 한 번씩 넘겼다.

변호인으로서 자기 의견을 좀 더 개진하고 싶을 텐데도 그는 피고인들에게 어눌하더라도 스스로 말할 수 있는 자유와 권리를 누리게 했다. 지금껏 수많은 사람들이 피고인들의 지적장애 때문에 말이 잘 들리지 않는다고, 표현이 서툴다고 그들의 입을 막아왔지만 박 변호사만은 그들이 많은 사람들 앞에서 직접 목소리를 전달할 기회를 만들었다.

> "대열 씨, 그동안 많은 사람들 앞에서 말한 적 있어요?"
> "아니요! 누가 나 같은 사람에게 말을 시켜요. 자기들만 말하지. 내가 말해도 듣지 않고, 믿어주지도 않아요."
>
> – 〈하나도 거룩하지 않은 파산 변호사〉 11화에서

그러나 아이러니한 것이 하나 있다. 그가 어려운 사람들을 도울수록 그의 삶은 점점 곤궁해졌다는 점이다. 진범을 찾고 정의를 바로잡는다는 점에서 '재심'은 분명 필요한 일이다. 그렇다면 왜 재심 사건을 맡은 박준영 변호사는 점점 가난해졌던 것일까?

몇 가지 이유가 있다. 우선 재심 사건 자체가 돈이 되지 않는다. 왜 사건을 맡으려는 변호사가 없는지 재심 사건의 의뢰인을 보면 알 수 있다. 의뢰인들 대부분이 저소득층이거나 지적장애를 안고 있다. 어려운 형편 탓에 변호사가 원하는 대로 수임료를 주지 못하다 보니, 사건이 곧 돈인 법조계에서 재심 사건을 다루는 이가 드물 수밖에 없었던 것이다.

그리고 다른 이유는 박 변호사의 헤픈 마음 씀씀이(?)에서 찾을 수 있다. 그는 맡은 사건마다 무죄 판결을 끌어내며 재심 전문 변호사로 이름을 알렸다. 변호사가 이런 유명세를 타게 되면 돈 되는 사건으로 눈을 돌릴 법도 하지만 그는 그러지 않았다.

범죄자라는 낙인으로 더더욱 생활이 어려워진 피고인들이 편의점에서 끼니를 때우는 것을 보면서 그는 밥이라도 먹으라고 자신의 돈을 보탰다. 의뢰인이 몸이라도 조금 편하게 무궁화호 대신 KTX를 타라고, 심지어 마냥 방치된 망가진 치아를 치료하라고 자신의 지갑을 열었다. 누군가 파산했다고 하면 사치나 낭비 탓일 것이라고 생각하기 쉽지만 박 변호사의 경우에는 자신보다 어려운 이들을 돕다가 결국 파산에 이르렀다.

사무실의 월세가 밀리고 마이너스 통장의 만기가 연장되지 않자 더 이상 방법이 없었던 것이다. 그가 어려운 이들을 도운 대가는 3억 원이라는 빚으로 돌아왔다. 평범한 이들도 평생 만지기 힘든 돈을 빚으로 안게되면 마음이 위축될 수밖에 없다. 경제적인 문제가 그의 정의로운 마음을 흔들리게 할 수는 없었다.

착한 사람도 흔들리게 만드는 빚 ～～～～

리우 올림픽을 앞둔 2016년 8월, 사람들의 관심이 모두 올림픽 행사에 쏠려 있던 어느 날이었다. 박상규 기자와 박준영 변호사를 만났다. 이미 지난번 재심 스토리펀딩을 진행했기에 나는 두 사람이 취재 중에 만난 사이인 줄 알았다. 그래서 어떤 취재로 처음 만났느냐고 물었더니 박상규 기자는 다른 대답을 했다. 이전 뉴스펀딩 때 리워드로 후원자와의 만남을 진행하면서 박준영 변호사를 만났다는 것이다. 그 만남으로 꾸준히 프로젝트를 함께하게 되었다니, 박 기자와 박 변호사의 만남은 운명이 아니었을까?

지금이야 '사람의 운명' 같은 이야기를 하지만 그때는 상황이 급박했다. 박준영 변호사가 빚 때문에 움츠려 있음은 얼굴만 봐도 알 수 있었다. 어려운 사건만 맡아 무고한 이들의 억울함을 풀어주는 박준영 변호사가 빚 때문에 남을 돕는 일을 포기하게 만들 수는 없었다.

"운이 좋다고 생각했어요. 불행한 사람들을 위해 일할 기회와 능력이 있으니 행운이라고. 그런데 막상 재정 상황이 어려워지자 세상이 나를 버릴 수도 있겠다는 두려움이 밀려들었어요."

그의 말 속에는 정의를 향한 열정 못지않게 경제적인 문제에 대한 불안감이 묻어 있었다.

"목표를 얼마로 잡을까요?" 나 역시 그를 돕고 싶다는 마음이 앞섰지만 실질적으로 얼마나 펀딩을 해야 그의 어려움이 덜어질지 감이 없었다. 한참을 고민하던 그는 여러 번 입을 달싹거리다가 결국 "2000만 원 정도면 되지 않을까요?"라고 말했다.

3억 원의 빚을 졌다는 그는 2000만 원이라는 제안도 너무 과하다는 생각이 들었는지 고개를 떨어뜨렸다. 이렇게 좋은 사람이 돈 때문에 좌절하는 것을 우리도 그대로 지켜볼 수는 없었다. 스토리펀딩 팀에서 1억을 제안했다. 그늘진 사회의 민낯을 드러내는 이 용감한 변호사의 빚을 모두 갚을 수는 없겠지만 어려운 이들을 돕는 그에게 우리 사회가 지고 있는 마음의 빚을 조금이나마 갚고 싶었다.

"올림픽을 앞두고 있는데다가 돈 없는 변호사를 돕자는 얘기에 사람들이 1억이나 낼까요?"

'하나도 거룩하지 않은 파산 변호사.' 박준영 변호사를 위한 펀딩 프로젝트는 그렇게 두려움 속에서 시작되었다.

사활을 건 프로젝트 〜〜〜

스토리펀딩 팀도 '파산 변호사 프로젝트'에 사활을 걸었다. 리우 올림픽 열기에 펀딩 금액이 곤두박질치던 시기였다. 국면을 전환해야 했다. 올림픽이 스토리펀딩 침체기로 이어지게 내버려둘 수는 없었다. 숱한 회의와 토론이 오고 갔다.

우리는 두 가지 전략을 세웠다. 첫 번째는 '사전 예고'. 스토리펀딩 재심 3부작을 진행했던 박 변호사가 빚을 많이 지고 있고 이를 위한 펀딩을 진행한다는 소식을 소셜미디어와 언론 등 다양한 채널을 통해 알렸다. 예상했듯 언제 펀딩이 시작되느냐는 문의가 빗발쳤다. 후원자들은 지갑을 들고 대기하고 있었다.

두 번째는 '프로젝트 이름'이다. 처음에는 '하나도 거룩하지 않은'이 박 기자가 제시한 프로젝트 제목이었다. 뭔가 밋밋했다. 그러자 그는 '하나도 거룩하지 않은 공익 변호사'라는 제목을 보내왔다. 완결성은 있지만 임팩트가 없었다. 스토리펀딩 팀은 의견을 모았다. '가난한 변호사', '빚쟁이 변호사' 등 다양한 아이디어들이 오갔다.

"파산 변호사로 합시다." 처음에 박 변호사는 반대했다. 법률적 의미로 아직 자신은 파산이 아니라는 이유였다. 하지만 법률적 의미와 콘텐츠적인 의미는 다를 수 있다. 일종의 '시적 허용'인 셈이다. 박 기자와 나는 박 변호사를 설득했고 결국 '하나도 거룩하지 않은 파산 변호사'로 프로젝트 이름을 결정했다. 아직도 박 변호사는 '파산 변호사'라는 수식어로 소개된다.

댓글 수 좀 늘려주세요! ~~~~

'하나도 거룩하지 않은 파산 변호사' 프로젝트가 시작된 이후 어느 토요일이었다. 월요일부터 금요일까지 집에 늦게 들어간 탓에 가정에 지은 죄를 뉘우치며 아이와 놀아주고 있었다. 박 변호사에게 전화가 왔다. "스토리펀딩에 댓글을 30개밖에 달 수 없던데, 좀 늘려주세요."

주말에 전화해서 미안하다 같은 인사도 없이 무턱대고 건넨 한마디였다. 뭐라고 답해야 할지 잠깐 생각을 정리하고 있는데 박 변호사의 말이 바로 이어졌다. "내가 지금 댓글 단 독자들에게 댓댓글을 달아주고 있는데, 하루에 30개밖에 못 단다고 하네요. 더 늘려주세요."

댓글의 수를 하루 30개로 제한하는 것은 댓글 도배를 막기 위한 회사 전체의 규정이다. 한 사람의 요구로 바꿀 수 있는 것이 아니었다. 하지만 박 변호사는 막무가내였다. 진실을 밝혀서 사람들이 재심 중인 사건에 대해 오해하지 않게 하려면 댓글을 달아야 하는데, 하루에 30개로는 턱없이 부족하다는 이야기였다. 박준영 변호사는 계속 댓글을 늘려달라고 요청했다. 아무리 나에게 말해봤자 불가능한 일이었기에 사정을 설명했다.

당시 박 변호사는 누구보다도 억울한 사람의 심정을 알리고 싶어 했다. 그래서 독자들과 꾸준히 소통하면서 한 사람에게라도 더 알리려고 노력했다. 우리 가정의 평화로운 주말은 방해받았지만 박 변호사가 스토리펀딩을 통해 사람들과 소통하고 싶어 하는 마음만은 깊이 전해졌다. 마음을 다해 이야기하고 싶다는 진심, 나는 그날 그의 진심을 보았다.

도미노처럼 확산되는 진심 ~~~~~

"진실은 영원히 가둘 수 없다"라는 박준영 변호사의 말처럼 진짜는 모두가 알아보는 법인가 보다. 사전 예고와 귀에 꽂히는 프로젝트 이름 덕분에 '하나도 거룩하지 않은 파산 변호사'는 오픈과 동시에 후원액이 몰렸다. 어려운 이들을 위해 무엇이든 돕겠다는 그의 진심이 1만 7112명의 후원자들에게 전해졌는지, 목표했던 1억 원은 3일 만에 달성되었다. 목표를 달성한 날, 박 변호사와 박 기자는 기쁨의 페이스북 라이브를 하며 자축했다. 후원이 후원을 불러왔다. 후원액은 무섭게 올라갔고 스토리펀딩 역사상 최고 금액이 모였다.

프로젝트가 진행되는 석 달 동안 5억 원이 넘는 돈이 모였다. 5억 원이라는 금액 안에는 다양한 사람들의 진심이 모여 있었다. 거기엔 최저임금을 받는 사람의 일당도, 500원씩 모은 초등학생의 용돈도, 박 변호사의 취지에 공감하는 통 큰 후원도 있었다.

다들 세상을 바꾸는 힘에 대해 말한다. 하지만 그게 정말 무엇인지를 고민하던 우리에게 박준영 변호사의 프로젝트가 해답의 일부를 보여주었다. 누군가의 용기 있는 고백과 억울한 이들의 아픔에 대한 관심, 그리고 선한 연대의 힘으로 세상은 조금씩 바뀐다는 것을 말이다.

"저는 돈 없는 학생입니다. 의심이 많고 세상에 회의감이 들어 웬만해서는 후원 같은 걸 하지 않습니다. 하지만 오래전부터 변호사님의 고군분투를 지켜봐온 사람으로서 저는 이 모금 운동이 반갑기까지 합니다. 응원합니다."

— 꾸교교 님

"변호사들에게 1억~2억 원쯤이야 변론 한두 건만으로도 해결할 수 있습니다. 그냥 눈 한번 질끈 감고 넘어가면 그만일 것을, 자신이 어려워질 것을 알면서도 약자의 아픔을 외면하지 못하고 나서주신 것에 감사드립니다."

— 아직궁금해 님

이 프로젝트는 단순히 박 변호사의 빚을 갚고 세 사람의 억울함을 알리는 데만 그치지 않았다. 스토리펀딩이 시작되면서 삼례 나라슈퍼 강도 치사 사건도 세상에 다시 알려졌다.

이 과정에서 사건 당시 풀려난 진범 역시 사건을 접하게 되었다. 진범은 17년 만에 세상에 진실을 밝히고 자신의 잘못을 반성했다. 자백은 삼례 사건의 세 사람을 피고인으로 만들었지만, 결국 그들의 무죄를 밝히기도 했다.

삼례 나라슈퍼 강도 치사 사건의 범인으로 몰려 교도소에 수감되었던 최대열 씨에게도 세상의 온기가 전해졌다. 교도소에서 "나는 범인이 아니다"라고 말했던 그는 동료 재소자의 폭행으로 앞니 세 개가 부러졌다. 박준영 변호사는 펀딩 후원금으로 최대열 씨의 앞니를 치료해주고 싶어 했다. 그의 고운 마음이 전달된 것일까? 펀딩 기간 중에 한 치과의사의 도움으로 임플란트 시술을 진행할 수 있었다. 강인구 씨와 '부산 엄궁동 2인조 살인 사건'으로 누명을 썼던 두 사람도 치료를 받았다.

스토리펀딩을 통한 도움의 손길로 박준영 변호사는 용기를 얻었다고 한다. 후원금은 그가 사회적 약자를 위한 무료 변호를 계속할 수 있는 원동력이 됐다. 그는 현재 공익 재단을 준비하고 있다. 어려운 사람도 소외되지 않고 법률적 조언을 구할 수 있는 사법 시스템을 구축하는 것이 그의 목표다.

더 이상 억울한 사람이 없기를 바라는 그의 진심에 공감하고 동조하는 사람들도 함께 마음을 모으고 있다고 하니, 과연 어떤 결과가 나올지 기대된다. 선한 연대의 힘이 만들어낸 박준영 변호사의 다음 이야기는 무엇일까? 그의 이야기는 어디까지 이어질까? 우리도 그의 앞날이 기대된다.

박준영 변호사 어떻게 지내냐고요? 〰〰〰

프로젝트를 성공적으로 마치고 몇 달이 지난 어느 날 박준영 변호사가 카카오 홍보팀을 만났다. 펀딩 이후 달라진 삶에 대한 인터뷰를 위해서였다. 그는 '스토리펀딩이 사회적 공감대를 이끌어내는 데 효과적인가요?'라는 질문에 이렇게 대답했다.

"스토리펀딩을 통해 1억이라는 금액을 모으고 많은 후원자를 만났어요. 옛날 같으면 이게 가능했을까요? 신문이나 방송밖에 없던 시절이라면 어려웠겠죠. 포털이기 때문에 가능했던 것 같아요. 포털이기 때문에 제 이야기를 할 수 있었고, 시민들이 제 사건에 대해 알게 됐고, 공론화시킬 수 있었던 거죠. 그런 의미에서 스토리펀딩은 '연대의 장' 같아요. '아직은 우리 사회가 따뜻하구나, 정의에 대한 갈망이 있구나, 사람들에게 측은지심의 마음이 가득하구나'라는 희망을 봤어요. 스토리펀딩이 저와 제 가족을 살려줬어요. 저와 제 가족이 살았기 때문에 앞으로 세상에 억울한 사람들도 살겠죠. 앞으로 제가 할 수 있는 사건이 몇 건이 될지 모르겠지만, 그 사람들을 살려줄 수 있는 펀딩을 하고 싶어요."

 하나도 거룩하지 않은 이야기

 박준영 변호사 인터뷰

아주 특별한
'손'

— "우리도 킥스타터처럼 '힙'한 프로젝트 한번 해봅시다."

스토리펀딩 PD들 사이에서 자주 오가는 말이다. 킥스타터(www.kickstarter.com)는 스토리펀딩을 만들기 전에 가장 많이 참고한 사이트다(킥스타터 외에도 '인디고고www.indiegogo.com'라는 사이트도 많이 참조했다). 킥스타터와 인디고고 모두 크라우드 펀딩의 대표적인 플랫폼이다. 수많은 창작자와 창업자들이 킥스타터와 인디고고에서 자신의 아이디어를 공개하고 펀딩을 받아 그 아이디어를 실현한다.

킥스타터에서는 기술 기반의 아이디어 제품 비율이 높은 편이다. 우리나라 스타트업도 킥스타터에 도전해 큰 규모의 펀딩을 유치하곤 한다. 골전도 기술을 활용해 손가락으로 전화통화를 가능하게 하는 시계줄은 한국의 스타트업 '이놈들 연구소'에서 진행한 프로젝트다. '이놈들 연구소'는 삼성전자의 최초 스핀오프 기업으로서 사내 벤처로 출발했다. 그들은 킥스타터에서 약 17억 원의 펀딩을 받아 단숨에 벤처 업계의 스타가 됐다. 또 다른 한국의 스타트업 베이글랩스는 초음파 센서를 이용한 스마트 줄자로 약 15억 원의 펀딩을 받았다.

크라우드 펀딩을 이용하는 사람 중에는 유독 얼리어답터들이 많고 힙한 제품들이 많아서 크라우드 펀딩 사이트는 '힙스터(주류를 거부하고 자신들만의 고유한 패션과 음악, 문화 등을 추구하는 사람들을 일컫는 말)들의 놀이터'라고 불리기도 한다.

스토리펀딩도 '힙스터들의 놀이터'로 만들어보고 싶었다. 하지만 기존에 진행했던 프로젝트들은 대부분 공익성을 띠거나 저널리즘을 기반으로 하는 경우가 많았다. 스토리펀딩이라고 하면 무거운 느낌이라는 인식이 이미 독자들 사이에서 고착화되고 있었다. 콘텐츠는 독자를 울게도 해야 하지만 웃게도 해야 한다고 생각한다. 독자들을 울리고 웃기면서 결과적으로 몰입하게 만드는 콘텐츠가 좋은 콘텐츠다. 독자들을 울게만 하고 싶지 않았다. 기발한 아이디어로 독자들에게 새로운 영감을 주는 콘텐츠, 그렇게 미소 짓게 만드는 콘텐츠도 만들어보고 싶었다.

멋진 기술 프로젝트, 가능할까요? ～～～～

힙한 프로젝트로서 그간의 스토리펀딩에 대한 인식을 바꿔줄 프로젝트가 없을까? 이를 위해 세상을 바꿀 획기적인 기술을 가진 창작자를 찾기 시작했다. 이 분야에 관심이 많은 김주영 PD에게 미션이 주어졌다. 김주영 PD는 커뮤니티 활동을 아주 좋아하는 소셜형 인재다. 각종 커뮤니티를 돌아다니면서 현재 핫한 기술 트렌드를 파악했다. 그중 김 PD가 집중해서 챙겨 보았던 영역은 '3D 프린터'다.

3D 프린터는 외국에는 잘 알려져 있다. 일상뿐만 아니라 예술과 의료 그리고 군사 영역에 이르기까지 그야말로 뭐든 만들어내는 만능 발명품이다. 그러나 한국에는 여전히 낯설기만 했다. 4차 산업의 상징과도 같은 3D 프린터가 처음 국내 언론에 소개되었을 당시 이게 프린터가 맞느냐는 질문에서부터 3D 프린터가 만들어낸 결과물이 합성이 아니냐는 의심에 이르기까지 반응이 흥미로웠다.

잘 알려지지는 않았지만 이미 한국에도 3D 프린터를 연구하는 모임이 있었다. 회원들은 대부분 개발자 출신으로 인터넷 커뮤니티를 중심으로 전문적인 정보를 주고받았다. 그러던 어느 날, 3D 프린터 커뮤니티에 한 절단장애인의 글이 올라왔다.

"작년에 사고로 양손 손목이 절단되었습니다. 전자 의수를 알아보고 있는데 한쪽에 4000만 원씩 하더라고요. 가격이 비싸서 포기했습니다. 혹시 3D 프린터로 저렴하게 만들 수는 없을까요?"

-2015년 2월, 한 인터넷 커뮤니티에 올라온 글

커뮤니티는 지진과도 같은 충격에 휩싸였다. 절단장애인이 글을 올린 것은 처음이었기 때문이다. 게다가 3D 프린터가 의료 분야와 연결되어 곧 대체 상품이 나올 거란 이야기가 종종 나왔었다. 그러나 실제로 개발자들이 3D 프린터를 사용해서 무언가를 만든다는 것은 누구도 생각하지 못한 현실이었다. 글이 올라오고 많은 개발자들이 의견을 냈다. 지적 호기심과 더불어 3D 프린터의 영역을 의료 산업으로까지 넓히고 싶은 의지들이 모여 이쪽 분야의 날고 기는 개발자들이 이 글에 관심을 보인 것이다. 더욱 극적인 것은 여러 의견이 모이고 합쳐지면서 '만들 수 있겠다'는 결론이 났다는 점이다. 그러나 이론적으로 결론은 났지만 현실은 조금 달랐다. 실제로 사용할 수 있는 의수를 만들기는 쉽지 않았다.

먼저 긴 개발 과정이 필요했다. 개발 과정은 시간을 투자하면 해결되는 것이기에 큰 문제가 아니었지만 그다음이 조금 복잡했다. 글을 올린 절단장애인이 원하는 의수는 한쪽에 4000만 원이나 하는 고가의 의수가 아닌 저렴한 의수였다. 개발에 성공하더라도 수익화가 어려웠다. 수익 모델이 그려지지 않으면 의욕 넘치는 개발자라도 뛰어들기가 힘들다.

쉽지 않은 전자 의수 제작 사업 ~~~~~~

커뮤니티에서 '의수 만들기' 논쟁이 한창 진행될 때 김주영 PD가 이를 놓치지 않았다. 그는 이 프로젝트의 취약점인 '수익화'를 고민하는 동시에 다른 한편으로는 이 프로젝트의 적임자를 찾아다녔다. 그러다 이 논쟁의 최전방에서 가장 활발하게 논의를 주도했던 사람을 발견했다. 바로 만드로(Mand.ro)의 이상호 대표다.

이 대표는 전자공학과 컴퓨터공학을 전공한 개발자다. 미국 스탠퍼드 대학교 연구원 시절에 호기심을 느끼고 '3D 프린터 세미나'에 참가했다. 3D 프린터가 과연 무엇을 만들 수 있는지, 어느 정도까지 만들어낼 수 있는지 그저 궁금해서였다. 그런데 그는 세미나에서 3D 프린터가 아예 '없던 컵'을 만들어내는 것을 보고 충격을 받았다. 그 세미나는 이 대표의 인생을 바꾸어놓았다.

3D 프린터의 가능성을 발견한 그는 다니던 삼성전자에 사표를 던지고 창업을 했다. 3D 프린터가 어디까지 확장해나갈 수 있는지 큰 그림을 그리고 싶었던 것이다. 그러나 이상호 대표의 목적은 전자 의수를 만드는 일은 아니었다. 그는 다른 사업에 집중하고 싶어 했다.

하지만 이미 이 대표는 김주영 PD의 레이더망에 걸린 상황이었다. 김 PD는 이상호 대표에게 먼저 연락했다. "크라우드 펀딩으로 연구비를 모아 저렴한 전자 의수를 개발하는 프로젝트를 해보면 어떨까요?"

"그게 가능할까요? 장애인 보조 기구는 인체공학 분야라서 전혀 엄두가 안 나는데요. 저는 소프트웨어 전공이라." 이상호 대표도 섣불리 접근하기 어려운 프로젝트임은 분명했다. 절단장애인을 위한 의수 제작은 이미 있는 시장이다. 가격이 비싸 접근이 쉽지 않지만 이미 탄탄한 기반을 가진 의수 제작 업계에 어떤 변화의 바람을 일으킬 수 있을지 이 대표도 자신이 없었다.

게다가 엎친 데 덮친 격으로 또 다른 문제가 있었다. 전자 의수는 만들고 싶다고 시작할 수 있는 사업이 아니었다. 의학적인 부분과 장애인 복지 관련 법령 등도 고려해야 하기 때문에 섣불리 진행하기 어려웠다. 큰 난관에 부딪힌 것이다. 김주영 PD는 보건복지부와 법조계의 자문을 구하는 동시에 이 대표를 설득해야 했다.

이상호 대표는 그 당시를 이렇게 회상했다. "처음엔 할 마음이 없었어요. 스토리펀딩이 먼저 연락했지만 수익 사업에 집중하고 싶다는 생각에 두 번이나 거절했지요. 김주영 PD가 프로젝트의 방향과 의의를 들려주며 나를 이해시켰어요. 진심을 느꼈습니다. 심지어 진행을 위해 보건복지부와 법조계의 자문도 받았다고 하더라고요."

동갑내기 절단장애인을 돕고 싶다! 〰〰

이 대표는 조금씩 마음을 움직였다. 사연을 올린 절단장애인은 이 대표와 동갑내기였다. 고가의 전자 의수가 부담되어 양손 없이 살아가야 할지도 모르는 동갑내기 친구가 있다는 사실이 이 대표의 마음을 '해보자'라는 방향으로 끌어가기 시작했다.

그는 '재능 기부를 한다는 생각으로 딱 한 달만 돕자'라고 결심했다. 그동안의 소프트웨어 개발 경험과 사무실에 있는 3D 프린터 그리고 커뮤니티에 공개된 도안이 있으면 가능할 것 같았다. '3D 프린터로 새 삶을 출력하다'라는 스토리펀딩 프로젝트로 본격적인 연구를 시작했다.

우선 절단장애인에 대해 공부부터 해야 했다. 그들의 어려움과 현실을 알고 무엇이 필요한지 파악하는 게 급선무였다. 전자 의수는 손을 사용할 수 있어 절단장애인들이 선호한다. 국내에서 만들어진 것보다 수입산 전자 의수를 선호하는 경향이 있다. 그런데 수입 전자 의수는 비싸다. 현재 독일, 영국 등 유럽에서 만드는 전자 의수의 가격은 2000만~5000만 원대다. 국내에서 이렇게 비싼 전자 의수를 사용하는 사람은 15~20여 명 남짓이다. 대부분의 절단 장애인은 가격 탓에 엄두도 내지 못한다.

전자 의수 가격이 아무리 비싸더라도 한 번 사서 평생 쓸 수만 있다면 빚을 내서라도 구입할지 모른다. 하지만 비싼 전자 의수도 내구성이 좋지 못했다. 5년을 쓰면 새것으로 바꿔야 했다. 어렵게 구입하더라도 5년마다 수천만 원을 써야 하는 시장 구조 탓에 수많은 절단장애인이 전자 의수 없이 살아가고 있었다.

이 대표는 5년의 내구성을 확보하지 못하더라도 가격을 크게 낮추는 네 집중했다. '스마트폰 한 대' 정도의 가격으로 전자 의수를 만든다면 충분히 사업화가 가능하다고 판단했다. 스마트폰처럼 1~2년에 한 번 바꿀 정도의 내구성을 갖추면 큰 부담 없이 교체하고, 또 모델이 순환되면서 시장성도 확보되리라고 생각했다.

댓글란에서 훈훈한 토론이 ~~~~~

'3D 프린터로 새 삶을 출력하다' 프로젝트는 펀딩을 받는 것 외에도 몇 가지 특별한 점이 있다. 이 대표는 스토리펀딩 프로젝트를 진행하면서 스스로에게 세 가지 약속을 했다. 첫째, 크라우드 펀딩으로 사람들에게 절단장애인에 대한 지원의 필요성을 알리겠다는 것, 둘째, 제품의 오픈 소스를 통해 다양한 사람들의 아이디어를 취합하겠다는 것, 셋째, 수익 구조를 만들어냄으로써 의수 제작을 지속 가능한 사업으로 만들겠다는 것이다.

그래서일까? 프로젝트가 시작됐을 때 댓글이 특별했다. 보통 프로젝트가 시작되면 응원과 지지의 댓글이 많이 달리곤 한다. 그런데 이 프로젝트가 진행되는 동안에는 특이하게도 정보성 댓글이 많이 달렸다. 업계 종사자와 장애인 본인 그리고 그 가족들의 조언뿐만 아니라 펀딩 프로젝트를 보고 연락을 취한 의사들도 댓글로 도움을 보탰다.

의학적인 지식이 부족했던 이 대표는 큰 힘을 얻었다. 장애인들의 조언도 많은 도움이 됐다. 그들은 스스로 테스트 대상자가 되어주기도 했다. 이상호 대표는 프로젝트를 진행하며 "연결과 집단지성의 힘을 느꼈다"고 말한다.

이 대표의 '의수 만들기' 프로젝트는 총 세 번의 펀딩을 진행했다. 그 결과 100만 원대의 의수를 판매할 수 있게 됐다. 아무 조건 없이 100만 원을 펀딩한 후원자가 있는가 하면 꾸준히 1만 원씩을 펀딩한 후원자도 있었다. 그들 덕분에 이 대표는 연구에 집중할 수 있었다. 첫 고객도 스토리펀딩을 통해 만났다.

결국 이상호 대표는 '스마트폰 가격의 의수'를 만드는 일에 성공했다. 요즘엔 스마트폰 한 대의 가격도 비싸다는 생각이 들어 가격을 더욱 낮출 방법을 고민 중이라고 한다. 어느새 이 대표의 머릿속에는 '돈이 없어서 전자 의수를 못 쓰는 사람은 없어야 한다'라는 생각뿐이라고 한다.

시장을 바꾸고 사람을 바꾸다! ~~~~~~

일반 의수는 손을 움직이기가 어렵다. 기존 일반 의수 시장은 60년간 공고히 입지를 지켜왔지만 이제는 변화가 필요하다. 일반 의수 시장은 전자 의수가 꾀하는 변화의 바람에 심하게 반발한다. 그러나 절단장애인들이 감당할 만한 가격의 전자 의수를 필요로 하고 있다는 점에서 국내 전자 의수 시장은 이제 시작이나. 이상호 대표가 많은 노력을 기울였지만 홀로 모든 것을 감당하기는 어렵다.

이 대표는 전자 의수 산업과 그 생태계를 알리기 위해 소스를 공개하고 함께할 사람들을 구하고 있다. 스토리펀딩을 통해 자신의 스토리를 알렸고 이제 거기 동조하는 개발자들이 나타나고 있다.

이상호 대표는 삼성전자 연구원이라는 타이틀을 떼어낼 당시에는 자신이 전자 의수 사업을 할 줄은 몰랐다고 말한다. 3D 프린터를 활용한 수익 사업을 꿈꾸었던 그는 스토리펀딩이 모아준 연대의 힘으로 원래 계획과는 전혀 다른 시장을 만들어내고 있다.

한편 스토리펀딩의 김주영 PD는 크라우드 펀딩과 집단지성을 결합하여 '스마트폰 가격의 전자 의수'라는 없던 시장을 만들었다. '새로운 업'을 창출한 것이다. 펀딩 PD의 매력이 바로 그런 것이다. 무언가를 직접 하지는 않지만 당사자가 결심을 하도록 용기를 주고 설득한다. 첫 설득은 무척 힘들지만 어려운 점을 하나하나 챙겨주면서 상대의 마음을 연다. 그리고 마침내 좋은 결과를 냈을 때 PD는 보람을 느낀다.

저 먼 곳까지 보내는 온기 〰〰〰

2017년 3월 이상호 대표는 요르단에 다녀왔다. 전쟁으로 고통받는 시리아 난민들을 위한 프로젝트를 위해서다. 한국의 개발자들이 만들어낸 기술이 지구 반대편 난민들의 상처까지 치유해주고 있다.

"안녕하세요? 만드로 별에서 생존 신고를 올립니다. 이번 달에도 KOICA

CTS 사업의 일환으로 시리아 난민 절단장애인들을 돕기 위해 중동의 요르단에 다녀왔습니다. 여러 명의 절단장애인을 만났고 맞춤 착용 테스트를 하고 왔습니다. 기술적으로는 현지에서 별다른 장비 없이 보수가 가능하고, 조립이 용이하도록 설계를 바꾸는 중입니다. 전쟁으로 다친 절단장애인들이 더 나은 삶을 이룰 수 있을 때까지 가보고자 합니다. 또한 요르단에서 얻은 경험을 바탕으로 더 나은 전자 의수를 만들어나갈 수 있도록 꾸준히 한 발씩 나가보겠습니다."

- 2017년 3월 28일 이상호 대표 페이스북 글

스토리펀딩 덕분에 후원이 필요한 사람들에게 힘이 되어주고, 그들이 가는 길을 지지해주며, 함께 뿌듯해지는 경험을 많이 해볼 수 있었다. 그것만으로도 축복이라 생각한다. 그러나 스토리펀딩 프로젝트는 한 사람의 인생을 바꿔놓기도 한다. 이상호 대표처럼 말이다. 좋은 일을 하고 싶어 하는 사람들의 마음과 생각이 무엇을 어디까지 바꿀 수 있을지, 그 앞날이 더욱 궁금하다.

아주 특별한 '손'

애국자들의
발칙한 프로젝트

— "여보세요."

"응, 나야. 잘 지내지?"

"네, 기자님, 잘 지시내죠?"

"그래, 우리 재밌는 거 한번 해보자고.."

"무엇을 해볼까요?"

"생각 좀 해보자고." (뚝)

전화가 와서 받으면 통화를 1분 이상 한 적이 없다. 뜬금없이 전화해서 재밌는 걸 해보자고 한다. 그 재밌는 게 무엇인지 궁금하지만 물어볼 새도 없이 전화를 끊는다. 나에게 이렇게 '밑도 끝도' 없이 전화를 하는 사람은 정통 시사주간지 〈시사IN〉의 주진우 기자다.

뉴스펀딩의 일등공신, 주진우 기자 ～～～

스토리펀딩 이야기에 기자가 왜 이리 많이 등장하나 궁금한 분들을 위해 말을 보태자면 스토리펀딩은 원래 뉴스펀딩에서 시작되었다. 2014년 9월 29일 오픈한 뉴스펀딩의 사업을 설명하려면 특종제조기 주진우 기자를 빼놓을 수가 없다. 주진우 기자는 총 세 개의 프로젝트로 2억 원의 펀딩을 받았다. 뉴스펀딩이라는 신생 서비스를 대중들에게 알린 일등공신이기도 하다. 현재(2017년 6월)까지 1200여 개 프로젝트가 진행된 이곳에서 첫 스타트를 끊어준 사람도 바로 주진우 기자다.

　뉴스펀딩은 좋은 기사를 쓰는 기자에게 후원하는 방식으로 시작했다. 뉴스 콘텐츠 유료화의 방식 중 하나였다. '콘텐츠만 좋으면 돈을 내겠지'라는 생각은 순진한 바람일 뿐이었다. 이미 내로라하는 언론사들이 시도했다가 쓴맛을 봤다. 뉴스 소비자의 지갑은 철옹성이었다.

　콘텐츠만 중요한 게 아니라 기자의 브랜드가 필요했다. 콘텐츠가 아닌 기자의 이름만 보고도 후원이 진행될 수 있도록 누군가가 필요했다. 그런 기자를 찾았으나 결코 쉽지 않은 일이었다. 대중성과 전문성을 두루 갖춘 기자가 생각보다 많지 않았다.

　야심차게 손석희 JTBC 보도부문 사장을 가장 먼저 떠올렸다. 하지만 당시 사장에 부임한 지 얼마 되지도 않은 손 사장이 이름도 없는 신생 서비스에 콘텐츠를 제공할 리 만무했다. 제대로 제안도 못 해보고 꿈을 접었다. 그때 갑자기 〈시사IN〉의 주진우 기자가 생각났다. 〈나는꼼수다〉

라는 팟캐스트로 많은 팬을 보유한 기자였으니 우리에게 도움이 되지 않을까? 처음에는 큰 기대가 없었다. 그래도 안 하고 후회하는 것보다 해보고 실망하는 편이 낫겠다는 생각에 연락을 했다. 인기 스타, 아니 인기 기자라 관심조차 없을 줄 알았는데, 의외로 따뜻하게 반겨주었다.

"포털이랑 재미있게 해볼 수 있을 것 같아요. 곧 만납시다."

최고 몸값 기자가 전하는 생활 밀착형 프로젝트 〰〰

주 기자는 재미있는 걸 해보고 싶어 했다. 특히 정치적인 내용이 아닌 많은 사람들의 생활에 도움이 되는 이야기를 전하고 싶어 했다. 하지만 그 무렵, 주 기자는 다양한 소송에 걸려 있었다. 다양할 뿐만 아니라 소송 비용도 상당했다. 오죽했으면 2002년부터 언론계 사람들 사이에는 주진우 기자의 몸값이 기자 중 최고라는 말이 돌았을까. 물론 최고 몸값은 소송비였다.

그래서 정말 생활에 도움이 되는 '소송에 걸렸을 경우 대처법'이라는 철저히 경험에 기반한 콘텐츠를 연재하기로 했다. 특히나 그는 형사소송을 당했을 경우 검찰이나 경찰에 무엇이든 솔직하게 이야기하면 모두 해결될 거라고 믿는 순진한 우리들에게 소중한 조언이 될 만한 글을 썼다. "검찰이 나를 부르면 당황하지 말고 이렇게", "돈이 있다면 1심에 다 써라" 등의 생활 밀착형 콘텐츠로 많은 이들의 공감을 샀다.

죄만 없으면 아무 문제도 없을 것이라고 믿었던 많은 독자들에게 주 기자의 글이 신선했는지 '당신, 소송의 주인공이 될 수 있다' 프로젝트는 이틀 만에 2000만 원을 모았다. 그렇게 '뉴스펀딩'이 화려한 데뷔를 알렸다. 이후 이 프로젝트는 총 7600만 원을 모았고 주 기자는 1만 명의 후원자들과 토크 콘서트를 통해 연대하고 소통했다.

판이 커진다, 이야기도 커진다 〰〰〰〰〰

첫 번째 프로젝트를 성공적으로 마치고 주 기자에게 다시 전화가 왔다. 의외로 걱정에 가득한 목소리였다. "이거 판이 너무 커졌어. 돈을 너무 많이 받는 것도 부담스러워. 이거 기부해도 되겠지."

주진우 기자는 후원자들에게 동의를 구하고 도움이 필요한 곳에 후원금을 기부했다. 도움받는 걸 밝히고 싶어 하지 않는 곳에 기부했다. 널리 알려지지 않아 더욱 도움이 절실한 곳에 후원자들의 마음이 전달됐다. 후원자들은 주진우 기자를 믿었다. 그가 돕고 싶은 곳이라면 어디든 괜찮다고 생각했다. 기사로 세상을 바꾸려는 주 기자의 신념과 그에게 열정적인 신뢰를 보내는 후원자들의 팬덤이 만난 것이다.

덕분에 두 번째 프로젝트는 규모가 더 커졌나. 이번에는 주 기자가 친분이 두터운 방송인 김제동 씨를 영입했다. 팬덤이 이끄는 후원자의 힘을 느낀 주진우 기자는 더 넓고 강력한 연대를 하고 싶었다. 나는 김제동 씨와 주 기자를 둘이서 자주 간다는 서래마을 카페에서 만났다. 분위기가 화기애애하고 이야기가 넘칠 것 같았는데, 김제동 씨는 생각보다 말수가 적었다. 말을 업으로 삼는 사람이라 평소에는 조용히 나긋나긋 이야기 나누는 걸 좋아한단다.

두 번째 프로젝트를 김제동 씨와 함께하는 이유가 궁금했는데, 그를 만나자마자 알 수 있었다. 방송 생활을 오래하며 연예 대상까지 수상했던 김제동 씨는 팬이 많다. 하지만 김제동 씨는 더 많은 사람들과 소통하고 싶어 했다. 포털을 통해 본인의 이야기를 전하고 여기에 공감하는 사람들과 연대하고 싶어 했다.

우리 그냥 애국하게 해주세요 ~~~~

주진우 기자와 김제동 씨는 〈애국소년단〉이라는 팟캐스트를 뉴스펀딩으로 진행했다. 〈애국소년단〉이라는 이름은 김제동 씨와 주진우 기자가 함께 지었다. 프로젝트를 시작하면서 김제동 씨는 "누구나 나라를 사랑한다고 말한다. 방법도 제각각이다. 무엇이 진짜 애국인지 생각해보려 한다. 조금이라도 꼬투리가 잡히는 이야기는 하지 않을 것이다. 누가 들어도 보편적이고 상식적인 이야기를 할 것이다. 모인 금액은 애국을 하는 데 쓸 것이다"라고 말했다.

많은 이들에게 재미와 정보를 동시에 안겨준 소송 프로젝트에 이은

'생활 밀착형'의 '애국 토크쇼' 프로젝트였다. 김제동 씨와 주진우 기자가 함께 팟캐스트를 진행하며 펀딩까지 받는다는 소식에 2015년 1월 연일 실시간 인기검색어에 '애국소년단'이 올랐다. 화려하게 시작한 프로젝트는 1억 7000만 원의 펀딩으로 마무리됐다.

그렇게 모은 돈으로 주 기자와 김제동 씨는 세월호 가족들과 밥을 먹었다. 운동화도 사주었다. 가수 이승환 씨와 함께 팽목항에 에어컨을 설치해주기도 했다. 1억 7000만 원의 펀딩, 다들 남을 돕기에 부족함이 없는 금액이라 생각했지만 〈애국소년단〉은 결과적으로 후원금보다 더 많은 돈을 썼다. 돈이 필요한 곳이 너무 많았기 때문이다. 이게 '진정한 애국'이 아닐까?

여담이지만 나도 팟캐스트 녹음 현장에 함께한 적이 있다. 마이크에 대고 말만 하면 되는 것이 아닌가 싶었던 팟캐스트 녹음은 생각보다 힘들었다. 녹음을 마치자마자 서로 대화도 하기 어려울 만큼 녹초가 됐다. 파김치가 된 몸을 이끌고 밥을 먹으러 가는데 지나가던 어린이들이 김제동 씨를 보며 반가워했다. 손만 흔들고 지나칠 법도 한데, 김제동 씨는 힘든 몸으로 쪼그려 앉아 아이들의 이야기를 다 들어주었다. 콘텐츠가 꼭 이야기일까? 한 사람의 삶과 행동에서 만들어지는 것은 아닐까? 선한 행동을 하는 사람이라도 여러 개의 얼굴을 가질 수 있다. 하지만 김제동 씨는 한결같았다.

세상이 바뀌었으니 전화 좀 길게 해요! ~~~~

주 기자와 김제동 씨는 그들의 재능을 활용해 보통 사람들에게 정말 유용한 콘텐츠를 만들었다. 타인의 이야기에 귀를 기울이고, 아이의 눈높이에 맞춰 무릎을 꿇는 그들의 공감 능력은 사람들의 마음을 따뜻하게 해주었다. 그렇게 모은 돈은 모두 '애국'하는 데 썼다. 물론 그 '애국'은 둘만이 만든 일은 아니었다. 주 기자와 김제동 씨의 이야기에 함께한 많은 후원자들과 마음을 모았기 때문에 가능한 일이었다. 누군가의 이야기가 사람을 모아 꿈쩍 않던 세상을 조금씩 따뜻하게 바꾸고 있다.

언젠가 주진우 기자에게 물었다. "기자님, 왜 이렇게 전화를 빨리 끊으세요?" 그가 나지막한 목소리로 말했다. "도청당하거든. 조심해야 돼."

이제 세상이 조금씩 바뀌어가고 있다. 길게 통화 할 날을 기다린다.

 애국자들의 발칙한 프로젝트

고(故) 김관홍 잠수사의
꽃바다를 구하라

— 꽃바다. fbada.com

업무시간 오전 8시~저녁 8시

명함 하나가 SNS상에서 활발하게 공유되고 있었다. 들여다보니 '꽃바다'라는 투박한 글자와 업무시간만 소개하는 밋밋한 명함이었다. 공유하는 사람들은 비슷한 문구를 달았다. '꽃 배달이 필요하거나 축하 화환을 보낼 일이 있을 때 웬만하면 여기를 이용하자'는 것이었다.

혹시나 해서 정보를 찾아봤다. '꽃바다'는 고 김관홍 잠수사의 부인이 운영하는 꽃집이다. 고 김관홍 잠수사는 세월호 희생자를 구하기 위해 깊은 바다에 들어갔던 민간 잠수사다.

그런 사실을 알고 나자 명함 한 귀퉁이에 그려진 파란 고래 그림이

눈에 들어왔다. 고래는 눈웃음을 지으며 물을 뿜고 있었다. 깊은 바다 속, 심해를 가르는 고래가 되어 아무것도 보이지 않는 어둠 속에서 실종자를 찾아 헤매야 했던 고 김관홍 잠수사의 이야기와 함께 세월호 참사에 대한 슬픈 기억이 몰려왔다. 그가 죽기까지 아무것도 알지 못했고 그의 고통조차 헤아리지 못했다는 미안함에 명함 사진을 저장해두었다.

왜 착한 사람이 아파야 하나요? ～～～～

세월호 참사 당시 민간 잠수사로 실종자 수색에 참여했던 그는 수색 작업을 하며 극한의 육체적 고통을 느꼈다. 잠수병만 문제가 아니었다. 깊은 바다 속에 오래 있는 것은 결국 강한 압력에 자신의 몸을 내맡기는 것과 마찬가지였다. 그는 자신의 몸을 혹사시켜가며 실종자 수색에 나선 결과 어깨 근육이 찢어지고 목과 허리에는 디스크까지 생겼다.

게다가 몸 상태는 시간이 갈수록 나빠졌다. 허리 통증과 함께 왼쪽 다리까지 마비되면서 잘 걸을 수도 없었다. 육체적 고통도 고통이지만 그는 그보다 더욱 큰 괴로움을 겪고 있었다. 참사는 살아 있는 사람에게도 죽음 같은 고통을 안겨줬다. 그가 희생자를 수습하면서 얻은 트라우마는 일상이 불가능할 정도로 발목을 잡았다. 과도한 잠수로 병을 얻은 그는 15년간 해온 잠수사 일을 접고 대리운전을 하며 세 자녀를 먹여 살렸다.

참사가 만든 또 다른 재앙 ~~~~~~

그는 죽은 아이들을 끌어올리면서 국가가 만든 참사가 얼마나 참혹한지를 두 눈으로 목격했다. 2015년 9월 국회 안전행정위원회의 국정감사에 참고인으로 출석한 그는 세월호 참사를 다시 '배보상금' 문제로 환원하는 국회의원들을 향해 일갈했다.

> "돈을 벌려고 현장에 간 게 아닙니다. 양심적으로 간 게 죄입니다. 어떤 재난에도 국민을 부르지 마십시오. 앞으로는 정부가 알아서 하셔야 됩니다."

바다가 그의 몸을 할퀸 자국은 오래가겠지만, 그래도 그는 세월호 참사의 진상이 밝혀질 때까지 버티고 싶었다. 그럴 수밖에 없었다. 그는 코앞의 시야도 확보되지 않는 깜깜한 바다 속에서 서로 엉켜 있는 희생자들의 주검을 한 구 한 구 달래어 안아 올린 사람이었다. 그들이 어떻게 죽었는지 누구보다 알고 싶어 하던 그는 정부가 진상을 감춘다는 느낌에 더욱 좌절했다.

사회적 문제로 인한 트라우마는 사회적 정의가 바로 서야 치유된다. 그러나 당시 정부는 사회적 정의를 바로잡을 의지조차 없었다. 고 김관홍 잠수사는 2016년 6월 17일 새벽 경기도 고양시에 위치한 비닐하우스 자택에서 숨진 채로 발견됐다. 마흔셋 생일을 사흘 앞둔 날이었다. 그가 그토록 원했던 세월호 침몰에 대한 진상 규명은 여전히 현재 진행형이다. 〈JTBC 뉴스룸〉의 앵커 브리핑에서 손석희 앵커는 이렇게 말했다.

> "김관홍 잠수사. 세월호의 민간 잠수사였다가 몸과 마음을 다쳤고 지금
> 은 저세상으로 가버린 사람. 잠수사가 마지막으로 세상에 남긴 말은 '뒷
> 일을 부탁합니다'였습니다."

서로의 진심이 떠내려가지 않도록 〰️

고 김관홍 잠수사는 세월호 아이들을 지키기 위해 바다에 뛰어들었다. 선의로 했던 일들이 결국 그의 건강을 갉아먹었다. 그 바다 깊이에서 있었던 일들은 그의 마음을 부숴버렸다. 그럼에도 그는 진실을 밝히기 위해 아픈 몸을 이끌고 싸워왔다. 그런 그를 기리기 위해 소셜미디어가 먼저 움직였다. 김 잠수사의 부인이 운영하는 꽃집을 홍보하기 시작한 것이다. 네티즌들은 서로 꽃바다의 명함을 공유하며 여기 동참했다.

> "꽃을 계속 구매하고 싶습니다. 세월호를 지키다 떠난 고 김관홍 잠수사
> 님의 가족들에게 지속적인 도움이 되고 싶어요."

명함을 공유하는 것에서 그치지 않고 꽃을 계속 구매하고 싶다는 댓

글이 줄을 이었다. 이 댓글들의 진심에 나의 진심도 함께 섞여 있었다. 일시적인 마음이 아니었다. 다들 세월호 참사에 마음의 빚을 지고 있었으니까.

댓글들이 서로 밀려 떠내려가지 않도록 받아줄 그릇이 필요했다. 어쩌면 좋을지 고민할 때 피플펀딩이 떠올랐다. 정기적인 후원 기능을 갖춘 피플펀딩이라면 꾸준히 후원자들에게 꽃을 제공하고 후원을 지속적으로 확보할 수 있을 것 같았다. 이 프로젝트에 소설가 김탁환과 북스피어출판사 김홍민 대표가 함께했다.

"고맙습니다. 후원하고 싶었는데 방법을 몰랐거든요."　　　　　- 부기네 님

피플펀딩을 열자마자 후원이 쏟아졌다. '고 김관홍 잠수사의 꽃바다를 구하라' 프로젝트는 후원하고 싶은 대중들의 가려운 곳을 긁어줬다. 이후 김탁환 작가는 고 김관홍 잠수사를 주인공으로 《거짓말이다》라는 소설을 출간했다. 김관홍 잠수사의 증언을 토대로 그의 정의로운 삶을 세상에 알렸던 것이다.

김홍민 대표는 프로젝트 전반을 맡았다. 그는 정기 후원자를 관리하고 꽃 배달을 도왔다. 또한 후원자들의 글에 일일이 댓글을 달며 프로젝트 소식을 알렸디.

뒷일은 우리가 맡겠습니다! 〜〜〜

피플펀딩은 단순한 월 정기 후원이 아니다. 후원하는 사람만 움직이고 후원받는 사람은 수동적으로 멈추어 있는 일방향이 아니다. 꽃바다를 후원하는 사람들은 두 달에 한 번씩 꽃다발이나 화분을 받을 수 있다. 그리고 후원을 통해 정기적으로 누군가에게 꽃을 선물할 수도 있다. 정기적인 꽃배송은 이미 꽃 유통의 새로운 트렌드로서 후원자들에게 '이번엔 무슨 꽃이 올까'라는 기대감을 준다.

> "오늘 아침, 폭염을 뚫고 온 꽃바다의 선물.
> 며칠 전에 이사를 했는데 마치 축하 꽃다발을 받은 것 같아 행복합니다.
> 예쁜 꽃들 정성스레 보내주셔서 고맙습니다.
> 꽃바다가 번창하기를 바라며 항상 응원하겠습니다."   - 진주빛 님

고 김관홍 잠수사의 따뜻하고 정의로운 마음에 후원자들은 감동했다. 자그마치 1010명의 정기 후원자가 매달 1342만 4700원의 후원금을 내고 있다. 프로젝트 매니저 김홍민 대표는 소감을 전했다.

"김탁환 작가와 함께 동거차도에 들어갔을 때였어요. 그는 쾌활하고 남을 배려할 줄 알았으며 뭐든 앞장서는 사람이었습니다. 덮어놓고 좋게 포장하려는 게 아니라 이틀 밤낮을 옆에서 지켜본 바로는 그랬어요. 그

는 세상을 떠났지요. 《거짓말이다》를 만들면서 저는 김관홍 잠수사의 아내 김혜연 씨를 알게 되었습니다. 혜연 씨는 꽃집을 운영하고 있어요. 그 꽃집에 갔을 때 경제적 형편이 어려워진 혜연 씨를 어떤 식으로든 격려해주고 싶다는 마음이 생겼습니다. 혜연 씨와 논의한 끝에 '이왕 꽃을 주문하실 거면 꽃바다에서'라는 의미를 담아 이와 같은 프로젝트를 진행하게 됐습니다. 피플펀딩을 통해 가급적 많은 분들이 이용할 수 있도록 '꽃바다'를 알릴 생각입니다. 저는 김관홍 잠수사에게 '뒷일을 부탁'받았기 때문입니다."

'뒷일을 부탁합니다'는 김관홍 잠수사의 마지막 말이다. 이제 1010명의 후원자가 그의 유언을 지켜내고 있다. 꽃바다의 생계를 책임지는 것이 첫 번째 뒷일이라면 우리에겐 그가 맡긴 또 다른 뒷일들도 있다. 그것이 무엇이든 정기적으로 후원이 필요하다면, 그래야 해결할 수 있는 일이라면 피플펀딩은 언제든 준비가 되어 있다.

고 김관홍 잠수사의 꽃바다를 구하라

사진 한 장의
힘

: 임석빈 **PD**

—   "KTX 승무원들은 아직도 소송 중이
에요?"

2017년 6월 어느 금요일 밤, 즐겨 보던 방송에서 나온 한마디에 자세
를 고쳐 앉았다. tvN 〈알아두면 쓸데없는 신비한 잡학사전〉의 한 장면. 전
남 순천으로 향하는 KTX 안에서 가수 유희열의 질문이었다. 이어 유시
민 작가가 답했다. "아직도 해결이 안 됐지."

순간 마음속에서 상반된 감정이 교차했다. 혹독한 싸움을 이어가야
하는 승무원들의 고된 노고에 마음이 무거웠다. 다른 한편 KTX 해고 여
승무원들의 스토리펀딩이 곧 시작되는 시점에 인기 프로그램에서 언급
됐다는 사실에 반가운 마음도 들었다. '어쩌면 이번 펀딩이 성공할 수도
있겠다'라는, 이르지만 자그마한 희망도 가졌다.

누군가는 아직 싸우고 있다 ~~~~~

시작은 한 장의 사진이었다. 2017년 봄, 페이스북 타임라인은 온통 꽃 사진이었다. 무심히 타임라인의 스크롤을 내리다 눈길을 끄는 사진을 발견했다. 정갈한 유니폼을 입고 어색한 표정으로 거울 속 자신을 바라보고 있는 여성. 김승하 KTX열차승무지부장의 모습이었다. '이 리본을 다시 맬 수 있을까'라는 제목과 함께 오랫동안 그들을 취재해온 기자의 짧은 글이 있었다.

> "20대에 꿈을 안고 취직했던 김 씨는 2006년부터 긴 싸움을 시작해야 했다. (중략) 김 씨는 1심과 2심 재판에서 불법 파견을 인정받았다. 2015년 대법원 최종 패소. 대법원의 반노동자 판례로 꼽히는 최악의 판결이었다. 김 씨를 비롯한 여승무원들에게 회사가 미리 지급한 임금과 이자를 포함한 1억여 원의 빚이 남았다."

알 수 없는 뜨거움이 가슴속에서 치밀었다. 2006년 당시, 나는 막 군대를 제대한 복학생이었다. 비슷한 또래의 여승무원들이 고용 문제로 파업을 했고 해고를 당했다는 뉴스를 접했다. 부끄럽지만 그때의 나에게는 하나의 '뉴스'일 뿐이었다. 그런데 이제 와서 나는 왜 한 장의 사진에 울컥했을까. 아마 10년 넘게 멈춰버린 그들의 삶에 대한 '부채의식'이었을 것이다.

흐트러진 감정을 추스르고 사진 출처를 확인했다. 해당 기사를 쓴 언론사는 〈시사IN〉이었다. 그동안 스토리펀딩을 수차례 진행했던 곳이다. 기사가 나온 건 3월 초, 내가 기사를 읽은 건 장미대선이 한창 진행 중이던 4월 초였다. 언론사 입장에서는 대선 이슈 외에는 신경 쓰기 어려운 시기였다. 평소 친분이 있던 고제규 〈시사IN〉 편집장에게 조심스럽게 카톡을 보냈다.

"KTX 해고 여승무원들 기사 잘 읽었습니다. 이번 기사 외에 별도의 계획은 없으신가요?" 그러자 바로 답장이 왔다. "그분들 빚 액수가 엄청 커요. 전화할게요." 고 편집장의 빠른 피드백도, 승무원들이 많은 빚에 시달린다는 이야기도 모두 예상 밖의 일이어서 당황스러웠다. 그리고 전화가 왔다.

"신선영 사진기자가 승무원들을 꾸준히 취재해왔어요. 2015년 여름에는 두 달 가까이 주말을 반납하고 서울역과 부산역을 오갔어요. 지시하지도 않았는데 주말마다 KTX 해고 승무원들의 1인 시위를 취재했고, 지금도 인연을 이어가고 있어요. 그분들만 괜찮다고 하면 대통령 선거가 끝나고 스토리펀딩을 함께 진행해보죠."

〈시사IN〉에서는 마치 준비된 듯 빠르게 기획을 준비했다. 약 한 달 후, 고제규 편집장에게 다시 카톡이 왔다. "KTX 여승무원. 이번 주부터 2주 연속 기사 나갈 예정. 지면 나가고 펀딩 시작할게요." 그렇게 KTX 해고 여승무원들의 스토리펀딩이 본격적으로 진행됐다.

KTX는 정말 그들의 꿈이 되어줬을까? 〜〜〜〜

일단 나부터 KTX 해고 여승무원에 대해 정확하게 알아야 했다. 그래야 어떤 지점에서 독자들이 관심을 갖고, 나아가 후원을 할지 예상할 수 있었다. 과거 기사부터 쭈욱 살펴봤다. 결코 간단치 않은 그들의 10년 싸움을 정리하면 다음과 같다.

2004년 4월 1일 '꿈의 고속철'이라던 KTX가 개통했다. '지상의 스튜어디스', '준공무원 대우' 등 여승무원들도 화려한 스포트라이트를 받았다. 그러나 이들은 자회사 계약직이었다. 갈수록 근로조건이 나빠졌다. 2006년 3월 여승무원 370여 명은 코레일에 직접 고용을 요구하며 파업을 시작했다. 하지만 돌아온 것은 해고였다.

끝까지 남은 34명은 소송을 제기했고 1심과 2심에서 연이어 승소했다. 하지만 대법원은 코레일의 손을 들어줬다. 끝이 아니었다. 여승무원들은 지난 4년간 코레일 노동자로 인정되어 받은 임금과 소송 비용을 모두 반환해야 했다. 1인당 8640만 원. 월 108만 원씩 늘어나는 지연손해금 능을 합하면 1인당 빚이 1억 원이 넘었다. 대법원 판결 직후 한 여승무원이 세 살 아이를 남기고 아파트에서 몸을 던졌다. 2015년 3월의 일이다.

10년 넘도록 끝나지 않은 이 싸움을 어떻게 독자들에게 전해야 할까. 가장 중요한 것은 '진심'이었다. 기나긴 싸움을 하는 이들의 '진심'을 알게 된다면 공감을 받을 수 있을 것이라 생각했다. 그런 면에서 〈시사IN〉은 최적의 언론사였다. 전혜원 기자의 꼼꼼한 취재와 신선영 기자의 깊이 있는 사진은 KTX 해고 여승무원들의 진심을 전달하기에 부족함이 없었다.

지치지 않게 조금씩 변해가길 〰〰〰

2017년 6월 'KTX 여승무원 싸움은 끝나지 않았다'라는 이름으로 펀딩을 시작했다. 수많은 펀딩을 담당했지만 어느 때보다 초조했다. '감정적으로 앞서 시작한 프로젝트는 아니었나', '해고 여승무원들에게 또 다른 상처가 되지는 않을까'라는 걱정에 잠을 설쳤다.

다행히 결과는 성공적이었다. 이틀 만에 목표 금액을 돌파했고, SNS에서 적잖게 공유됐다. 글을 쓰는 지금 이 순간에도 사람들에게 읽히고, 공감받고, 후원도 끌어내고 있다.

그녀들은 12년째 싸우고 있다. 이번 펀딩이 그들의 싸움에 어떤 영향을 줄지 알 수 없다. 사실 큰 도움이 되지 않을 수도 있다. 그럼에도 스토리펀딩을 시작한 이유는 단 한 가지다. 작은 변화를 함께 만들고 싶었다. 수십 수백만의 독자들이 연재를 읽고, 응원의 댓글을 쓰고, 후원을 했다. 이 모든 것이 작은 변화의 시작이다. 세상은 그렇게 조금씩 변해갈 것이라고 믿는다.

"기사 형태로 올라갈 때보다 스토리펀딩에 올라가니 많은 사람들, 그중에서도 후원 의지가 있는 분들이 봐주시는 것 같다. 긍정적인 댓글이 많다. 기사 내용도 내용이지만 스토리펀딩을 통해서 우리 이야기를 알게되는 사람이 많아지는 느낌이다. 그동안 언론에 알리는 방법과 관련해서 고민과 어려움이 많았는데 그런 부분이 많이 해소되었다."

- 정미정 철도노조 KTX열차승무지부 총무

"저희를 지지해주시는 분들이 가시적으로 눈에 보여서 좋았다. 이제까지 '힘내세요'라고 말해주는 분은 종종 있었지만 스쳐 지나가는 경우가 많았는데, 그런 지지가 숫자로 쌓여서 모이니까 뿌듯했다. 오늘은 얼마나 올라갔는지 챙겨 보는 재미도 있었다. MBC〈PD수첩〉에서 촬영도 시작했다. 스토리펀딩을 통해 이슈가 부각될 수 있어서 감사하다."

- 김승하 철도노조 KTX열차승무지부장

사진 한 장의 힘

세상에서 가장
감동적인 8분

—   영화 한 편을 제작하는 데 얼마나 많
은 돈이 들까? 블록버스터 영화 제작사들은 '천문학적인 제작비'를 강조
하면서, 어떤 때는 몇 백만 명은 봐야 투자 비용을 회수할 수 있다는 이야
기를 한다. 이렇듯 영화 한 편에 상상할 수도 없는 큰돈이 들어가는 시대
다. 하지만 몇 천만 원의 제작비를 구하지 못해 수년째 떠도는 영화도 있
다. 조정래 감독의 영화 〈귀향(鬼鄕)〉이 그랬다.

처음부터 〈귀향〉이라는 영화의 취지나 제작 과정을 알았던 것은 아
니다. 2014년 어느 날 〈한겨레 21〉의 송호진 기자에게 연락이 왔다. 문화
부 생활을 오래한 그가 먼저 뉴스펀딩으로 뭔가를 같이해보고 싶다고 제
안했을 때 나는 그저 기쁘기만 했다.

그해 겨울은 뉴스펀딩이 사람들에게 조금씩 알려지던 시기였다. 지

금이야 여섯 명이나 되는 사람들이 팀을 꾸려가지만 그때만 해도 팀에는 나와 임석빈 PD뿐이었다. 우리 둘은 뉴스펀딩 프로젝트를 해보자며 신문사, 방송사 등 콘텐츠 생산자라면 누구든 설득하러 다녔다. 영업사원이 이런 기분일까 하며 정신없이 돌아다니던 그 시기에 송호진 기자의 제안은 정말 반가웠다.

〈한겨레 21〉 문화부에서 어떤 재미난 이야기를 들려줄지 큰 기대를 안고 임석빈 PD와 함께 송호진 기자가 만났다. 송 기자가 뜻밖의 제안을 했다. 무려 5억 원에 달하는 '영화 제작비' 펀딩이었다. 처음에는 반신반의했다. 그때만 해도 뉴스펀딩의 총 펀딩액이 5억이 안 되던 시기였으니까.

게다가 영화 펀딩은 너무 식상하지 않나라는 생각도 들었다. 이미 10여 년 전부터 영화 펀딩은 '두레 제작' 등 다양한 방식으로 진행되고 있었다. 5억 원을 끌어 모을 만한 강력한 스토리가 과연 있을지 회의적이었다. '과연 될까?'라는 생각이 머릿속을 맴돌았다.

11년 동안 만들어지지 못했던 영화 ~~~~~

〈귀향〉은 강일출 할머니의 그림 〈태워지는 처녀들〉을 모티프로 했다. 강일출 할머니의 그림에는 어린 나이에 위안부로 고통받다가 결국 일본군의 소각명령으로 인해 절명했던 수많은 소녀들의 비명이 담겨 있었다. 〈귀향〉은 그림에 담긴 소녀들의 혼을 달래 비록 영혼으로나마 고향으로,

집으로, 가족 곁으로 돌려보내는 염원이 담겨 있었다.

"위안부를 강제로 동원했다는 증거가 없다"(아베 일본 총리)거나 "위안부들이 자발적으로 따라갔으며, 위안부 문제에 대해 일본의 사과를 받을 필요가 없다"(한국 내의 극우·보수 인사들)라는 주장이 여전히 들리는 지금 우리의 소녀들이 어떤 일을 겪었는지 '문화적 증거'로 남기고 아픈 기억을 공유하기 위한 영화였다.

좋은 취지의 작품이기에 당연히 매끄럽게 진행되었을 거라고 생각했지만 현실은 그렇지 못했다. 상업 영화가 아니고 유명한 배우도 출연하지 않아서인지, 투자를 거의 받지 못했다. 투자자들이 투자를 거절하는 것은 이해된다고 쳐도 조정래 감독은 '위안부 문제가 정치적으로 해석될 수도 있다'라는 공감할 수 없는 논리를 영화 제작 내내 들어야 했다.

마지막 장면을 만들기 위해 모이다 ~~~~~

결국 시나리오를 완성한 지 11년. 이 영화는 촬영은커녕 제작발표회도 열지 못하는 상황이었다. 그사이에 일본군의 악행을 증언하던 할머니들이 세상을 떠나셨다. 돈이 없다고 더 미룰 수 없는 상황이었고 이제는 완성해야 했다. 피해를 기억하는 것뿐만 아니라 할머니들의 다친 마음을 한 분이라도 더 달랜 후에 보내드리고 싶었다. 영화 제작을 위해 〈한겨레21〉의 송호진 기자와 조정래 감독은 다방면으로 고민했다. 이 과정에서 송호진 기자는 스토리펀딩 독자들에게 아주 특별한 제안을 했다.

"독자 분들께 제안드립니다.

저는 조정래 감독과 상의를 거쳐 여러분께 특별한 부탁을 드려볼까 합니다. 지금까지 시민들이 후원하는 제작두레 방식으로 몇 편의 영화가 만들어졌고, 시민들의 후원금이 그 영화의 전체 제작비에 섞여 사용됐습니다. 이 또한 의미 있는 일입니다만, 저와 조정래 감독은 이 영화의 '결정적 15분'을 여러분과 함께 만들어보자고 제안을 드립니다.

여러분들이 동참하는 목적을 좀 더 뚜렷하게 드리자는 뜻에서입니다. 바로 강일출 할머니가 그린 그림(《태워지는 처녀들》)이 재현되는 영화 막판부터 소녀의 넋을 불러내 고향으로 돌려보내는 '마지막 15분'을 함께 만들어보자는 겁니다.

일본군과 독립군의 교전까지 펼쳐지는 이 부분은 영화에서 가장 많은 제작비가 소요되는 부분이기도 합니다. 제작에 동참한 여러분들이 나중에 영화를 보실 때 '내가 참여한 장면이 이렇게 만들어졌구나'라는 사실을 확인하실 수 있을 겁니다.

'마지막 15분'엔 소녀들을 태운 트럭이 산으로 향합니다. 전쟁 항복을 선인힌 일본군이 위안부 피해 소녀들에 대한 증거를 없애려고 산속 구덩이에 넣어 죽이는 '소각명령'을 내렸다는 걸, 소녀들은 모르기 때문입니다. 죽어가는 소녀들의 과거와, 그 현장에서 살아남은 소녀가 이제 할머니가 되어 어린 무녀의 도움으로 자신을 대신해 죽은 소녀와 다시 만나는 장면들이 슬프게 교차합니다. '마지막 15분'은 일본군에게 묻는 주인공 정민의 다급한 목소리와 함께 전개됩니다. 이 영화에 동참한 여러분들의 이름을 모두 소개하는 영화 '엔딩 크레디트'가 길게 이어지기를 기대합니다. 그리고 타국에서 숨진 소녀들에게 이런 말을 같이 전해줬으면 합니다. '언니야, 이제 그만 집에 가자.'"

가파른 후원에도 환호할 수 없는 아픔 ~~~~

영화 투자와 두레 방식의 제작이 생소한 것은 아니다. 많은 저예산-독립 영화들이 이런 방식으로 제작됐다. 그러나 이야기가 중심이 된 후원은 〈귀향〉이 아마 첫 사례일 것이다.

'마지막 15분을 함께 만들어주세요'라는 메시지는 후원자들에게 마음의 동요를 일으켰다. 15분만 더 제작하면 영화가 완성될 수 있다는 '희망'. 11년간 영화가 표류하는 동안 나는 무엇을 했을까 하는 '부채의식'. 마지막 15분에 나도 함께했다는 '만족감'. 이 모두가 후원자들의 지갑을 여는 결정적 계기가 됐다.

오픈과 동시에 후원액이 무섭게 모였다. 뉴스펀딩 오픈 이후 이런 속도는 처음이었다. 2014년 12월 18일 하루에만 2843만 원이 모였다. 하루 역대 최대 금액이었다. 보통 후원금이 올라가는 속도가 빠르면 우리 스토리펀딩 팀에선 환호성이 나온다. 박수를 치며 하이파이브를 한다. 하지만

〈귀향〉 프로젝트에는 환호성을 지를 수가 없었다. 조용히 묵묵하게 후원자들이 하나하나 써내려간 댓글을 읽었다. 그리고 엄숙한 마음으로 '후원자들의 진심이 올바르게 전해지도록 최선을 다하자'고 다짐했다.

"손떨림이 차마 멈춰지지 않습니다. 저 또한 자식들이 있는지라 그때 얼마나 무서웠을지 심정이 어땠을지 상상하기도 싫지만 가슴에 와 닿습니다. 이런 영화는 상업적이 아닌, 우리에게 꼭 필요한 영화입니다. 기억하기 싫은 역사라도 기억해야 하니까요. 저 또한 얼마 되지 않는 돈으로 조금이나마 보탬이 되려 합니다. 힘내세요."

– 비밀이얌 님

"꼭 완성시켜주십시오. 조카들 데리고 가서 보겠습니다. 역사가 과거가 아니라는 것을, 왜 올바른 역사를 배워야 하는지 알게 될 것입니다."

– 현영이 님

반신반의로 진행한 '영화 〈귀향〉 프로젝트'는 총 6억 원을 모으며 뉴스펀딩의 존재를 확실하게 각인시켰다. 그리고 영화 〈귀향〉은 2016년 2월 24일 무사히 개봉되었다. 누적 관객 수 358만 7182명으로 2016년 박스오피스 17위(역대 133위)에 당당히 올랐다.

〈귀향〉 프로젝트는 스토리펀딩 서비스의 매우 중요한 변곡점이 됐다. 수많은 사람들이 크라우드 펀딩 플랫폼에 관심을 보였고 매스컴도 '선한 연대의 힘'에 집중했다. 대중의 관심과 십시일반 모은 돈으로 세상을 바꿔가는 과정을 다 같이 지켜보았다. 결국 영화 상영이라는 결과물까지 만들어냈다. 영화 〈귀향〉만큼이나 스토리펀딩도 유명해졌다.

엔딩 크레디트에 담긴 그 많은 사람들 ~~~~~

영화 개봉을 조정래 감독만큼이나 스토리펀딩 팀도 기다렸다. 영화가 개봉하는 날 판교의 한 극장에 모두 모여 단체로 관람했다. 영화가 시작되자마자 조용히 흐느끼는 소리가 들렸다. 영화 상영 때마다 집중을 방해하는 휴대전화 벨소리도 없었다. 시작부터 끝까지 모두 숨을 죽이고 영화를 보았다.

시나리오의 내용도 알고 결말도 알았지만 직접 영화를 보게 되자 명치끝에 뜨거운 것이 얹힌 듯 마음만큼이나 몸도 아팠다. 영화가 끝난 이후에도 쉽게 입을 열어 감상을 나눌 수가 없었다. 이렇게 참혹한 과거를 모르고 살았다는 부끄러움을 떨치지 못한 채 영화관을 나오려던 순간 화면 위로 올라가는 마지막 엔딩 크레디트를 보며 우리는 걸음을 멈출 수밖에 없었다.

까만 바탕에 후원자들의 이름이 끊임없이 올라갔다. 정성스럽게 'OOO 가족 일동'이라고 쓰신 분도 있었고 닉네임을 그대로 후원자 명단에 올리신 분도 있었다. 이상하게도 그 이름들이 낯설지 않았다. '모두 같은 마음'이라는 생각이 들었다. 우리의 아픈 역사를 함께 기억하자는 마음으로 모인 3만 명의 후원자 이름이 8분 동안 이어졌다.

　일본군이 최후의 순간에 저지른 범죄, '소각명령'의 폭력성과 야만의 시간을 알리기 위해 사람들이 모였다는 사실도 감동적이었지만 나는 후원자들의 이름이 공개된 '8분 동안의 엔딩 크레디트'야말로 이 영화가 만든 최고의 장면이 아닐까 싶었다. 8분간 소개된 후원자 명단은 '선한 연대의 힘'을 보여주는 동시에 투자자도 정치인도 외면했으나 분명히 존재하는 위안부 피해 할머니들의 아픔을 함께 기억하겠다는 시민들의 강력한 의지가 담긴 것 같았다.

　역사의 증인들이 하나둘 사라지고 있으니 너희도 이제 그만 잊어버리라는 권력의 의지에 단호히 '그럴 수 없다'고 말하는 사람들이 엔딩 크레디트에 모여 있었다. 송호진 기자와 조정래 감독이 바랐던 것도 후원자들이 십시일반으로 보여준 '망각에 저항하려는 의지'가 아니었을까.

펀딩 이후의 뜨거움 〜〜〜〜

선한 연대의 힘은 세상에서 가장 감동적인 8분을 만들어냈다. 엔딩 크레디트가 보여준 뜨거움은 나만 느낀 것이 아니었나 보다. 영화 상영 이후 많은 사람들이 그에 대한 이야기를 댓글로 올렸다. 보통 펀딩이 끝나고 댓글이 달리는 경우가 많지 않지만 〈귀향〉 프로젝트는 펀딩이 끝난 이후 더 큰 호응이 이어졌다.

"오늘 극장에서 보고 왔는데 조금이나마 〈귀향〉 제작에 도움을 드릴 수 있어서 너무 벅차올랐습니다. 마지막에 후원자의 이름이 끝없이 올라갈 때 우리 모두의 마음이 담긴 영화라는 것이 느껴져 가슴이 더욱 뜨거워졌습니다. 좋은 영화 만들어주셔서 고맙습니다. 할머니들의 이야기가 계속 기록되고 알려지길 희망하고 기대하겠습니다."

- wherery 님

엔딩 크레디트가 모두 올라간 이후에도 나와 우리 팀은 자리를 뜨지 못했다. 서로의 얼굴을 바라볼 수도 없었다. 각자의 얼굴 상태가 어떤지 짐작이 갔기 때문이다. 우리는 3~4분의 정적이 흐른 뒤에야 일어날 수 있었다. 그때의 감정은 먹먹함, 그리고 이런 영화가 만들어지는 데 우리도 조금이나마 일조했다는 뿌듯함이었다. 우리는 다짐하고 환기했다. 아픈 역사를 잊지 않기 위해 우리가 해야 할 일이 아직도 많이 남아 있다는 것을.

세상에서 가장 감동적인 8분

5장

스토리로 어디까지
갈 수 있을까?

열정에 기름을 붓는 스케줄러

: 이지현 PD

—   스토리펀딩 프로젝트 아이템은 아주
사소한 '단서' 하나에서 시작되는 경우가 많다. SNS는 PD들에게 일종의
'보물 창고'다. 전혀 연결고리가 없을 듯한 누군가가 공유한 글에서, 더 이
상 연락할 일이 없는 구 남친의 친구가 '좋아요'를 누른 글에서 아이템이
탄생하기도 한다.

스토리펀딩 PD들의 카톡방에는 늘 뉴스들이 마구 던져지고 SNS 게
시글이 공유된다. "이 뉴스 봤어? 배우 정우성이 소방관의 처우 개선을
위한 캠페인에 참여했대." "뭘 해도 잘생겼네. 이 캠페인을 더 많은 사람
들이 알면 좋은데." "어디 한번 연락해볼까?" 이런 식이다. 회사 인트라넷
'스토리펀딩 제휴 게시판'에는 '막 던지는 아이디어'라는 제목의 게시글이
있다. 누구 하나 눈치 보지 않고 그냥 막 던진 생각들이 댓글로 달린다.

철 지난 스케줄러? ～～～～～

'열정에 기름붓기' 프로젝트도 PD들의 카톡방에 던져진 하나의 포스팅 글에서 시작됐다. 누군가 말했다. "열정에 기름붓기가 처음으로 '스케줄러'를 만들어서 판다는데 어때? 예쁘지 않아?" 당시는 스케줄러가 팔리기에는 시간이 많이 지난 4월이었기 때문에 조금 시큰둥한 반응이 대다수였다. "음, 글쎄 잘 팔릴까? 요즘 워낙 잘 나오는 다이어리나 스케줄러들이 많아서"에서부터 "연말연시도 아닌데 사는 사람들이 있을까? 시즌상 안 맞는 거 같은데"까지. 그래도 뭔가 특이했다. 되든 안 되든 한번쯤은 만나보고 싶었다.

'열정에 기름붓기'는 독특한 곳이었다. 뭔가 정의를 하자면 페이스북을 기반으로 성장해온 '콘텐츠 생산 그룹'이다. 그들은 사람들에게 동기부여가 될 만한 문구와 이야기를 정하고 카드뉴스로 만들어서 포스팅했다. 좋은 콘텐츠를 생산하는 사람들이긴 했지만 '모바일 커머스'가 되어 물건을 팔아본 경험도 없었고 제작 경험은 당연히 없었다. 그런 곳이 '어느 날, 갑자기' 비성수기에 스케줄러를 만들어 판다? 게다가 스케줄러는 3개월 단위로만 만들어지는 제품이었다. 정말 '만나나 보자'라는 마음으로 미팅을 잡았다. 연남동에 있는 사무실로 찾아가기로 했다.

주택가 중간에 사무실이 있어서 조금 헤맸다. 곧 뽀글 머리에 슬리퍼를 신은 남자가 "여기예요"라면서 손을 흔들었다. '열정에 기름붓기'의 공동 대표인 표시형 대표였다. "아휴, 안녕하세요"라며 들어선 1층에는 불이 켜져 있지 않았다. 소파가 눈에 띄었다. 소파에 손을 대고 앉기 직전이었다. 뭔가가 물컹하니 잡혔다. 사람이 담요를 덮고 누워 있었다. 하마터면 그 위에 앉을 뻔했다. 누워 있는 분은 직원이었는데 눈을 뜨거나 일어나지 않았다. 표 대표가 멋쩍게 말했다. "아, 저희가 아직 일하는 시간이 아니어서." 미팅 시간은 오전 10시였다. "하하하. 괜찮아요. 저도 졸려서"라고 대답했다. 대외 커뮤니케이션은 늘 힘든 일이다.

"지금까지 우리가 만든 동기부여 콘텐츠를 통해 많은 분들이 도움을 받았다는 피드백을 받았습니다. 하지만 사람들이 진짜로 '변화'하기 위해서는 콘텐츠를 넘어서 손에 잡히는 제품이 필요하다고 생각했습니다. '어떻게 하면 사람들이 자신이 원하는 것을 향해 지속적으로 나아갈 수 있을까?' 이게 모든 고민의 시작이었습니다. 세상의 기준에서 벗어나 이 관점으로 스케줄러를 만들려고 합니다."

정면 돌파, 모험을 감행하다! ~~~~~~~

"저기 죄송한데, 스케줄러가 될까요?"라고 물으려던 나 자신이 부끄러워질 만큼 표시형 대표는 자신감이 넘쳤다. 표 대표의 넘치는 자신감이 회의적이던 내 마음까지 움직였는지 갑자기 뽀글 머리에 슬리퍼를 신은 이 남자의 '잠에서 덜 깬 눈'을 믿고 응원하고 싶어졌다.

이런 패기라면 뭐든 하지 않겠나 싶어 프로젝트를 준비했다. 프로젝트 이름은 '열정에 기름붓기가 새롭게 하려는 것'으로 정했다. 프로젝트의 이름이 알쏭달쏭하게 느껴질 것이다. 나도 그랬다. 보통 스토리펀딩 프로젝트 이름에 '창작자가 속한 단체의 이름'을 넣는 경우는 드물다. 광고성으로 비춰질 수 있기 때문이다.

게다가 '열정에 기름붓기'를 모르는 사람들이 아는 사람보다 많기 때문에 시선 끌기에 효과적인 제목도 아니었다. 하지만 우리 프로젝트를 '있는 그대로' 진정성 있게 보여줄 수 있는 이름이라는 의견을 존중했다. 전략보다는 '정면 승부'를 택했다. '모험'이라고 불리지 않을 만한 것이 없었다.

정면 승부, 모험의 성격을 띤 '열기'의 프로젝트가 오픈했다. 표 대표는 잘될 거라고 호쾌하게 웃었지만 나는 하루 종일 새로고침 버튼을 누르며 펀딩 그래프를 확인했다. 당일 오후까지 펀딩은 '평타' 수준이었다. 아쉬웠다. '제목을 좀 다르게 지을걸. 프로젝트를 좀 더 구체적으로 설명해야 했을까? 아니면 페이스북 스타라는 걸 알려야 했나?' 별별 생각이 다 들었다.

그런데 오후 6시 이후 펀딩 그래프가 가파르게 오르기 시작했다. 자정까지도 펀딩 후원은 멈추지 않았다. 새로고침을 할 때마다 수십만 원이 뛰었다. 펀딩 첫날 627만 원, 둘째 날은 900만 원이 모였다. 더 이상 팔 수 있는 스케줄러가 없었다. 이틀 만에 매진이었다.

'열기' 구독자들의 뜨거운 팬심 〰〰

이틀 만에 매진된 비결이 뭘까? 하루 종일 미미하게 움직이던 그래프가 갑자기 치솟는 상승곡선을 그린 이유가 뭘까? 비결은 생각보다 간단하고, 또 곁에 있었다.

이틀 만에 스케줄러가 동이 나도록 가파르게 구매한 분들은 바로 '열정에 기름붓기'가 만드는 콘텐츠를 구독하던 72만 명의 사용자였다.

'열기'가 페이스북으로, 다음의 '1boon'으로, 카카오톡의 '플러스친구'로 스토리펀딩 프로젝트의 시작을 알렸고 글을 읽은 사람들이 반응했다. 스토리펀딩 팀도, '열기'도 놀랐다. 이건 '셀럽'이 참여한 프로젝트에서나 주로 나오는 현상이었다. 셀럽이 자신의 인스타그램 등 SNS에 프로젝트를 알리면 팬들이 몰려왔다. 알고 보니 '열정에 기름붓기'의 '팬심'도 어지간한 연예인만큼이나 강력하고 만만찮았다.

그 팬심의 정체는 무엇일까? 셀럽이나 연예인을 좋아하는 것과는 달랐다. '열정에 기름붓기' 독자들은 "지금까지 우리가 콘텐츠를 '공짜로' 보고 있다"고 느꼈다고 한다. 그리고 언젠가 기회가 된다면 '열기'에 그 고마움을 표하고 싶다는 심리가 있었던 것 같다. 댓글에는 '그동안 좋은 콘텐츠를 소개해줘서 고마웠다', '많은 도움을 받고 있다', '이런 좋은 기회를 만들어줘서 고맙다' 등의 내용이 담겼다. '열기'가 진행한 스토리펀딩 프로젝트는 '열기' 콘텐츠를 소비만 하던 팬들이 그들에게 보내는 고마움의 표시이자 인사였다.

"이걸(열기) 계속하는 이유는 너무 단순하다. 착하게 생긴 팀원들과 계속해서 우리를 지켜봐주고 있는 구독자들. 여기서 멈춰 서기에는 너무 많은 사람들에게 말해버렸다. 열정만 가지고 시작한 멍청이들이 어디까지 가는지 보여주겠다고. 오늘 '열정에 기름붓기' 카톡 메시지함을 정리했다. 300통이 넘는 메시지들에 가득히 채워져 있는 말은 '고맙다'와 '응원한다'였다. 망해도 좋다. 돈을 못 벌어도 좋다. 진심만 잃지 말자."

- 2017년 6월 6일 표시형 대표 페이스북 글

팬심을 움직일 수 있었던 것은 표시형 대표의 글에서도 알 수 있는 바로 '열기'의 진정성이다. "열정만 가지고 시작한 멍청이들이 어디까지 가는지 보여주겠다"는 말. '망해도 좋으니 진심만은 잃고 싶지 않다'라는 메시지는 '열정의 기름붓기' 팬이 아니어도 마음이 뜨거워지는 문장들이었다.

진짜 변화를 원하는 스케줄러의 꿈 〰〰〰

사회적 시선이나 틀 안에 갇혀 정해진 길을 따라가는 대신 오로지 내 안의 끌림으로 나만의 길을 걷고 싶다는 '열기'의 스케줄러도 그저 일정을 기록하고 오늘 한 일을 적는 종이 묶음이 아니었다.

'열기'는 사람들이 주체적인 삶을 살 수 있도록 변화시키고 싶었다.

그 고민 끝에 해답과 동시에 새로운 질문이 다가왔다. 그렇다면 자신이 원하는 삶을 향해 나아가기 위해 실질적 도움이 되는 일은 무엇일까? '열기'는 자신만의 길을 가기 위해 필요한 것은 창조성이라 생각했다.

그들이 만든 스케줄러에는 철학이 있었다. 변화의 가치와 가능성을 믿고, 자신이 원하는 것을 명확하게 알며, 그것을 향해 나아간다. 그리고 판단과 행동의 기준을 남의 시선이 아닌 자신에게 두고 끊임없이 배움을 추구한다는 모토가 있었다. 무엇보다 중요한 것은 이 과정에서 적어도 스스로에게 부끄러운 일은 하지 않아야 한다는 뚜렷한 철학이 스케줄러에 담겼다.

'열기'의 첫 번째 스케줄러 모델은 미켈란젤로였다. 미켈란젤로를 통해 사용자들에게 '주체성'의 가치를 심어주고 싶었다고 한다. 그가 누구보다 고집스럽게 자신만의 예술 세계를 구축했듯 독자들도 자신만의 '주체성'을 갖길 바라는 마음이었다.

일회성 상품이라 생각했던 '열기'의 스케줄러는 이후 더욱 진화했다. '열기'는 사람들의 스케줄러 사용 패턴을 분석했다. 왜 다이어리를 사용하다가 실패하는지, 어떻게 다이어리를 끝까지 사용할 수 있는지를 연구했다. 두 번째 스케줄러는 첫 번째 스케줄러를 사용하는 사람들과의 쌍방향 소통을 지원하며 끝까지 사용할 수 있도록 QR코드도 만들었다. 다이어리를 웹과 연동하여 사용률을 더욱 높이는 방향으로 기획됐다. 역시나 나오자마자 완판. 팬시 상품이라고 생각했던 '열기'의 스케줄러는 이제 자기 혁신을 고민하는 수많은 후원자들의 마음을 열었다.

'열기'가 만약 자신들의 로고를 박은 우산이나 텀블러를 제작했다면 이 정도의 반응을 얻었을까. 좋은 콘텐츠를 제작해온 기업이 일관된 메시지를 전달할 수 있는 '제품'을 기획한다면 '팬심'은 그 제품을 소비할 수밖에 없다. 그가 이제까지 전해온 메시지가 상품 안에 그대로 담겨 있을 테니 말이다.

"뭐 하나 또 재밌는 것." 아! 나는 이 말이 가장 기대되면서도 무섭다. 이글이글 끓어오르는 '열기'의 실험은 끝나지 않을 것 같다. 하지만 스토리펀딩 팀도 어느새 이들의 팬이 됐다. 언제든 '열기'의 실험에 동참할 준비가 되어 있다. 그들이 우리를 가보지 못한 곳으로 이끌 테니, 그럴 때는 그들에게 이끌려 세상을 구경할 수밖에.

열정에 기름을 붓는 스케줄러

대통령과
팬심이 만났을 때

: 박웅서 PD

—   자고 일어났더니 한 다음카페 커뮤
니티가 접속 폭주 상태였다. 카페에 들어가고 싶은데 속도가 너무 느리다
는 항의 메일도 수없이 쏟아졌다고 한다. 공연 티켓 예매에 들어간 연예
인 팬카페인가 했더니, 정치인 카페란다.

　그 정치인이 도대체 누구인데? 궁금해서 물어봤더니 카페 이름이
'젠틀재인'이란다. 문재인 대통령의 팬카페다. 더 구체적으로 얘기하면
문재인 대통령이 국회의원으로 활동하던 시절에 만들어진 팬카페가 지
금은 대통령 팬카페가 됐던 것이다. 카페가 생긴 지는 7년이 넘었지만 처
음부터 회원이 많았던 것은 아니고 최근에야 회원 수가 급증했다.

　그렇다면 왜 갑자기 대통령 팬카페에 사람들이 모인 것일까? 요즘
유행하는 말 가운데 '덕질'이라는 표현이 있다. 무엇인가에 집중적으로

파고들어 조사하고 사람들과 공유하는 데서 기쁨을 느끼는 행위를 통칭하는 표현이다.

정권 교체 초기부터 비서관들과 커피를 들고 경내를 산책하는 대통령의 훈훈한 모습이 공개되면서 대통령을 '덕질'하는 사람들이 '젠틀재인' 카페로 모여들기 시작했다. 이곳에 가면 '고퀄'로 불리는 질 좋은 대통령 사진과 굿즈가 넘쳐난다는 소문이 온라인 전반에 퍼졌기 때문이다.

SNS에서는 이미 대통령이 사용한다는 이른바 '문템'들이 완판 행진을 이어갔다. 그가 표지에 등장한 〈타임〉 아시아판은 모 인터넷 서점에서 일정 시간 동안 최다 판매를 기록한 도서가 되었다. 그의 반려견과 반려묘는 온 국민의 귀염둥이가 되었고 그의 발걸음마다 미담이 넘쳤다. 대통령 덕질이 취미가 되었다는 사람들의 고백이 줄을 이으면서 젠틀재인 카페는 대통령 덕분에 즐겁다는 사람들이 문전성시를 이루었다.

1만 명이 원하는 대통령 탁상달력 〰〰〰

젠틀재인 카페에서 가장 유명한 굿즈는 '문재인 탁상달력'이다. 원래 카페 회원들끼리 나눠 쓰려고 아주 소량만 제작했다고 한다. 그런데 카페에 신규 회원들이 유입되면서 2017년의 설반을 앞둔 5월 추가로 달력 제작 문의가 들어왔다. 카페 게시글에 댓글로 구매 신청을 받았더니 순식간에 댓글이 9900개 이상 달렸다.

다음카페 시스템 상에서는 댓글을 더 달 수 없었고, 다시 게시 글을 하나 더 열었더니 댓글이 순식간에 1500개가 달렸다.

인기와 화제성을 고려하면 충분히 검증했다고 볼 수 있었다. 그리고 카페에서 1만 개가 넘는 굿즈를 판매하는 것보다 스토리펀딩을 통해 더 많은 사람들이 함께 공유하는 것이 좋을 것 같아 카페지기 규리아빠에게 접촉했다. 혹시나 영리 목적인가 싶어 달력을 제작한 이유를 물었더니 카페지기의 대답은 간단했다. "없어서 그냥 하나 만들어봤어요."

없어서 그냥 하나 만들어봤다지만 그것만으로는 부족했다. 스토리펀딩에서 굿즈를 판매할 때 중요한 것은 '왜 파는지'라는 이유다. '얼마나 팔릴지'는 스토리펀딩에서 부차적인 요소다. 스토리펀딩은 상품을 싸게 파는 아웃렛도 아니고 이런저런 물건을 파는 마트도 아니다. 말 그대로 100만 가지 스토리를 파는 백화점이자 제품에 담긴 가치와 스토리에 투자하는 펀딩 플랫폼이기에 '왜 지금 이것을 팔아야 하는지'라는 질문에 답해야 했다. 팬카페에서 소소하게 나누던 굿즈에 과연 어떤 가치를 담을 수 있을까?

왜 대통령 굿즈인가? ~~~~

스토리펀딩에 걸맞게 문재인 대통령 굿즈에 대한 취지를 좀 더 설명해 달라고 요청했을 때 역시나 규리아빠는 간단하게 대답했다. "문 대통령을

8년 넘게 따라다니며 스케줄을 기록했어요."

대통령이 되기 전부터 8년 넘게 따라다니며 스케줄을 기록한 사람이 만든 탁상 달력이라. 이 이 정도라면 아이돌을 향한 팬심을 넘어서면 넘어섰지 모자라지 않는다. 그는 오랜 기간 개인 사업을 병행하며 '팬심'을 키워왔다. 말 그대로 8년 이상 문재인 대통령의 일정을 체크하며 사진을 찍었다고 한다. 그러다 보니 자연스럽게 국회의원 문재인의 의정 활동과 가치, 행보를 가장 잘 아는 사람이 된 것이다. 그리고 그 기록들이 모여 2017년 5월 9일 이후 대통령 문재인이 실천하려는 공약과 더해져 하나의 콘텐츠로 완성되어갔다.

카페지기 규리아빠는 문재인 굿즈에 문재인 대통령의 가치를 담고자 했다. 독자들에게 들려줄 스토리 역시 문재인의 이야기였다. 그가 가장 잘 전달할 수 있는, 그리고 가장 잘 전달하고 싶은 이야기 역시 문재인의 이야기였다. 스토리펀딩이 펼쳐지면 자기 이야기를 얹고 싶을 법도 한데, 규리아빠님은 대통령에게 반대하는 이들에게까지도 자세히 대통령의 진면목이 전해지길 바랐다. 그게 옳았고 그래야만 했다.

리워드를 구성하면서 후원을 어디에 할지 이야기를 나누다가 카페지기 규리아빠가 말했다. "문재인 굿즈 후원금은 간접적으로나마 문 대통령이 바라셨던 일에 사용하는 것이 맞지 않을까요?" 그는 이런 취지 하에 스토리펀딩 팀에도 문재인 굿즈가 젠틀재인 카페의 수익사업이 되어서는 안 된다는 의지를 여러 번 명확하게 밝혔다.

그럼 어떻게 후원하고 싶으냐는 나의 질문에 그는 소아암 병동 확대나 치매 안심 병원 설립 등 그동안 문 대통령이 꾸준히 관심을 두었던 분야에 사용하고 싶다고 했다. 사용처가 확정되면 젠틀재인이 아니라 해당 단체로 후원금을 모두 전달해달라고 신신당부했다. 굿즈가 아무리 좋아도 가치가 없으면 무색해진다. 문재인 대통령 탁상달력은 팬심에서 시작되었다. 그러나 대통령이 관심을 가져온 곳에 후원하고 싶다는 의지가 더해지면서 굿즈에 가치가 더해졌다.

위대한 팬심의 끝은 어디? ~~~~~

젠틀재인의 문재인 대통령 탁상달력 프로젝트가 진행되면서 나는 스토리펀딩을 통해 선보일 달력은 더욱 색다른 문재인 굿즈가 되기를 바랐다. 그래서 스토리펀딩을 진행하는 동안 달력에 들어갈 사진을 후원자가 직접 투표로 선정하기로 했다.

8년 동안 문재인 대통령의 사진을 찍어온 규리아빠에게 달력 말고 다른 대통령 굿즈를 생각해둔 것은 없는지 슬쩍 물어보았다. 그는 상당히 구체적인 계획을 갖고 있었다.

"매년 문재인 달력을 제작하면서 1호 달력은 늘 문재인 대통령께 전해드렸어요. 스토리펀딩을 통해 새롭게 만들어질 달력도 가장 먼저 드릴 겁니다. 문재인 대통령 취임 1주년이 되는 날에 맞춰 화보집도 만들고 싶어요. 아이돌 화보집보다 더 그럴싸할 걸요."

한 정치인을 8년 동안 일편단심으로 좋아해온 시민의 이야기. 그 정치인은 대통령이 되었고, 그 시민은 자신의 자리에서 대통령을 위해 최선을 다하려고 한다. 아이돌을 향한 열정만 팬심이라 할 수 있을까?

그런 팬심을 지닌 그가 조만간 대통령 화보집을 만들려고 한다니 기대가 된다. 규리아빠의 열정이 어떤 이야기로 풀려 어떤 굿즈로 만들어질지 내년에도 주시해야겠다. 역시나 팬심은 위대하고 끝이 없다.

 대통령과 팬심이 만났을 때

만지는 시계의
비밀

: 이지현 PD

———   스토리펀딩을 진행하다 보면 창작자
열 명 중에 여섯 명이 묻는 질문이 하나 있다. 다름 아닌 "리워드 제품이
실제 판매가보다 가격이 높은데, 사람들이 후원해줄까요?"라는 질문이다.
그러면 우리는 항상 같은 대답을 한다. "스토리펀딩에서는 가능합니다!"

인터넷 쇼핑에서 최저가를 확인하는 소비자들의 구매 습관 때문인지
'제품 가격'에 대한 창작자의 시름이 깊은 편이다. 그러나 후원자와 창작
자들에게 스토리펀딩은 '제품을 싸게 살 수 있는 아웃렛'이 아니다. 오히
려 스토리펀딩은 '스토리를 파는 백화점'이다.

그리고 후원자는 VIP다. VIP들에게 주는 감사 선물이 '리워드'다. 다
른 크라우드 펀딩과의 가장 큰 차이점이다. 창작자들은 '물건을 팔기 위
해서' 스토리펀딩을 택하지 않는다.

세상에 없었던, 하지만 반드시 필요한 제품을 내놓으려는 그들의 도전기를 들려주기 위해 이야기를 시작한다. 혼자선 할 수 없지만 후원자들과 함께 세상에 변화를 주고 싶을 때 기꺼이 프로젝트를 꺼내어놓는다. 여기에 수많은 후원자들이 응원을 보내고, 공감을 하고, 동참한다.

돈 더 주고 샀는데 행복합니다 ∼∼∼∼∼

폐가 약했던 아이를 위해 직접 가습기를 만든 스타트업 '미로'가 있었다. 이 스타트업이 스토리펀딩에서 미혼모와 보육원 아이들에게 가습기를 보내는 프로젝트를 열었다. 후원자에게 가습기 한 대를 증정하고 한 대는 사회봉사단체에 기부하는 형식의 '리워드'로 구성했다.

이 프로젝트에서 리워드만 놓고 본다면, 미로가 내놓은 가습기는 '온라인 쇼핑몰'에서 팔리는 가습기보다 약 30퍼센트 가격이 비쌌다. 30퍼센트라면 가격 차가 상당히 큰 편이다.

그런데 결과가 어떻게 됐을까? 스타트업 미로는 스토리펀딩에서 두 번의 프로젝트를 진행했다. 그 결과 657명의 후원자, 약 8000만 원의 후원액이 모였다. 많은 수의 후원자들이 큰돈을 모아준 것도 고마운데, 후원자들은 댓글에서 자신들이 고맙다는 메시지를 남겼다.

후원자들은 "이런 프로젝트를 열어줘서 감사하다", "용기가 없어서 하지 못했던 일을 대신 해줘서 고맙다", "창작자의 진정한 마음과 정직한

기술력을 응원한다" 등의 메시지를 남겼다. "딸, 아들의 이름으로 후원하
겠다"는 후원자들도 많았다.

돈을 더 주고 샀는데도 더 기분이 좋아지는 이런 '이상한 일'이 스토
리펀딩에서는 매일 일어나고 있다. 오늘도 후원자들은 '리워드 없음'을
누르고 '통 큰 후원'을 한다.

시계 안에 숨겨진 비밀 ～～～

브래들리 타임피스는 아프가니스탄 전쟁에서 폭탄을 제거하다 시력을
잃고 장애인 올림픽에서 메달리스트가 된 브래들리 스나이더의 이름에
서 따온 시계다.

이 시계는 시각장애인이 손으로 시간을 확인할 수 있도록 만들었다.
그렇다고 단순한 점자 시계는 아니다. 시각장애와 상관없이 누구든 원하
는 방식으로 시간을 확인할 수 있고 게다가 누구나 탐낼 만큼 멋진 디자인
을 갖췄다. 그들의 타깃 고객층도 시각장애인만이 아니라 새로운 아이디
어, 디자인, 철학에 관심 있는 젊은 층이었다.

의미와 디자인이라는 두 마리 토끼를 모두 잡은 브래들리 타임피스
는 스타트업이 몰려 있는 서울 성수동에서는 '스타'로 통했다. 2013년 해
외 크라우드 펀딩 플랫폼인 킥스타터에서 59만 달러를 모았다. 목표했던
4만 달러의 15배가 넘는 금액이 모이면서 국내에서도 화제가 됐다.

"어, 그 시계 차시네요?" ~~~~~~

자연스레 스토리펀딩 PD들의 귀에도 브래들리 타임피스의 이야기가 들어왔다. 시각장애인뿐만 아니라 비장애인을 위한 시계이자 IT기기만 펀딩한다는 킥스타터에서 목표 금액의 15배가 넘는 금액을 모았다니, 이 정도면 한국에서도 승산이 있지 않을까 싶었다. 그래서 브래들리 타임피스를 생산하는 한국의 스타트업 이원코리아는 섭외 1순위가 됐다.

하지만 35만 원이 훌쩍 넘는 가격이 문제였다. 조금만 돈을 보태면 멋진 브랜드의 시계를 구매할 수 있는 사람들에게 브래들리 타임피스가 굳이 필요할까 싶었다. 한 스토리펀딩 PD는 "시계를 보자마자 꼭 갖고 싶다는 생각이 들었지만 비싸서 섣불리 엄두를 내지 못하고 있다. 나 같은 후원자들이 많지 않을까"라는 심경을 털어놓기도 했다. 이원코리아가 스토리펀딩에 프로젝트를 신청하면서 가장 먼저 물었던 질문도 시계가 비싼데, 사람들이 관심을 보여줄까였다.

35만 원. 누군가에겐 월세이고, 한 달 생활비일 수 있다. 창작자와 독자들의 눈높이를 맞추며 펀딩을 이끌어야 하는 프로젝트팀에서도 의견이 나뉘면서 선뜻 결정을 내릴 수가 없었다. 머뭇머뭇하는 사이에 시간이 흘렀다.

다른 프로젝트가 몰아치면서 브래들리 타임피스는 슬슬 잊혔다. 그런데도 브래들리 타임피스가 스토리펀딩과 인연이 있었는지 다시 화두에 오를 일이 생겼다. 우연히 다른 프로젝트의 창작자와 미팅하다가 창작자의 손목에서 브래들리 타임피스를 보았다. "어, 그 시계 차시네요?" 반가움에 나도 모르게 아는 체를 했다.

"아, PD님도 아시는군요. 거의 '인생 시계'예요. 이 시계만 차고 나가면 주변에서 다들 물어보더라고요. 시계에 담긴 의미를 얘기하다 보면 30분은 훌쩍 지나갑니다. 시각장애인과 비장애인이 함께할 수 있는 시계라고 이야기하다 보면 스스로가 굉장히 '멋진 사람'이자 '앞서가는 사람'이 된 기분이에요."

비싼데도 될까? 스토리펀딩에 고가 상품을 올리면 위화감을 느낀다는 댓글이 달릴까봐 소심하던 마음이 창작자의 이야기를 들으면서 확신으로 바뀌었다. 소비자가 제품에 대한 이야기만 30분을 나누는 시계라……. 그것만으로 충분했다.

이 시계에 담긴 '스토리'의 힘을 믿어보기로 했다. 성수동의 작은 골목 사이에서 이원코리아를 찾았다. 평소보다 미팅 시간이 길어졌다. '만지는 시계'가 탄생하기까지 너무나 많은 이야기가 있었고 이원코리아의 김형수 대표도 언젠가는 그 이야기를 세상에 들려주고 싶다고 했다.

장애와 비장애의 장벽을 허물다 ~~~~

브래들리 타임피스는 모든 좋은 상품이 그렇듯 한 번에 만들어진 것은 아니었다. 처음에 김 대표가 패기 넘치게 만들었던 것은 단순한 점자 시계였다. 몇 달간의 개발 기간을 거쳐 완성된 점자 시계를 들고 찾아간 장애인단체에서 김 대표는 이런 질문을 받았다. "여기 있는 사람 중에 몇 명이나 점자를 읽을 것 같아요?"

나도 처음 안 사실이었다. 모든 시각장애인이 점자를 읽을 수는 없다고 한다. 듣는 나도 놀랐지만 시계를 만든 김 대표는 더 당황했다고 한다. 그다음 질문은 김 대표를 더 놀라게 했다. "시계 크기는 어때요?" 김 대표는 시각장애인에게 시계 크기가 중요할 거라는 생각조차 못했던 것이다. 마지막 질문은 김 대표가 이 프로젝트에 안이하게 접근한 것은 아닌지 반성하게 했다. "색은 무슨 색이죠? 밝은 색이면 좋겠는데요."

시각장애인들은 아무것도 보지 못한다는 생각에 점자 시계만 만들면 된다고 생각하던 김 대표는 사업의 방향을 완전히 바꿔야 했다. 시각장애인들이 '디자인'을 중시하지 않을 것이란 생각은 큰 착각이었다. 그때부터 김 대표는 점자 시계라는 한계에서 벗어나 누가 사용해도 멋있는 시계를 만들기로 했다. 그래서 탄생한 것이 브래들리 타임피스였다.

브래들리 타임피스, 35만 원짜리 손목시계. 상품 설명은 간단할지 모른다. 그러나 이 시계 하나에는 한 사람의 도전뿐만 아니라 '세상을 향한 메시지'가 담겼다. 장애인과 비장애인이 함께 사용할 수 있는 시계는 장애라는 장벽을 허물었다.

브래들리 타임피스의 이야기는 곧 '스토리펀딩'의 프로젝트가 됐다. '스토리'가 담긴 제품의 힘은 생각보다 강했다. 김 대표의 생각에 공감한 사람들은 기꺼이 '후원자'를 자처했다. 56일 동안 1746만 원이 모였다.

175퍼센트 목표 달성이었다. 김 대표는 '펀딩 액수'보다 더 값진 것을 얻었다고 했다. 브래들리 타임피스의 이야기에 공감하고 함께하겠다고 말하는 사람들의 댓글이라고 했다. 특히 한 후원자가 남긴 메시지는 울림이 강했다.

"일단 함께할 수 있어서 너무 행복합니다. 여기저기 시계를 알아보고 있었는데 디자인도 너무 맘에 들고 착한 일도 하고 일석이조. 시계를 손목에 올리는 순간 자신감은 급상승, 그리고 자부심으로 뿌듯함에 가슴이 벅찰 것 같습니다. 이 녀석 이름을 생각하고 있습니다. 세종대왕님과 장영실님께서 그 옛날 시계를 만들면서 가지셨던 마음을 담아 어둠을 밝히는 빛보다 더 환하게 빛나라는 의미에서 희망도 울려라, 사랑도 울려라, 행복도 울려라, 어디서든 밝고 맑게 울려라 하는 마음에서 울림이로 정해볼까 합니다. 아름다운 대한민국을 위해 화이팅하세요. 울림이가 빨리 왔으면 좋겠습니다." — 청명이상래 님

 만지는 시계의 비밀

'묻지 마 후원'을 불러온
작은 팔찌

: 박웅서 **PD**

一　　　　　　　　　　　원래 스토리펀딩에서 주가 되는 것
은 말 그대로 스토리다. 리워드라 불리는 상품들은 이야기를 읽은 후에 독
자들이 후원을 하며 받아가는 서비스 상품이라 말할 수 있다.

　리워드에 후원하는 일이 이제는 더 이상 새삼스럽지 않지만 스토리
펀딩에서 흔한 일은 아니었다. 그런데 정말 주객이 전도되어 사람들이 리
워드에 환호하고 결과적으로 동물에 대한 인식까지 바꾼 프로젝트가 하
나 있었다.

　알 만한 사람은 다 안다는 '미소 팔찌 프로젝트'. 수치만 이야기하지
면 이 프로젝트의 총 후원 금액은 1억 6117만 8365원으로 역대 스토리
펀딩에서 6위이자 동물을 주제로 한 프로젝트에서 1위를 지키고 있다. 무
슨 일이 있었는지 궁금한 독자들을 위해 하나씩 설명해보겠다.

그리고 이 글을 통해 '글을 못 쓰면 스토리펀딩에 접근도 못 하는 것인가'라며 좌절하는 많은 분들께 희망이 전해지기를 바란다.

시작은 단순하게 〜〜〜

이 프로젝트는 아주 단순한 아이디어에서 출발했다. 워낙 예쁜 제품들을 판매하는 사이트도 많고 상품들만으로 후원하는 사이트들도 많은 상황에서 이야기로만 승부하기가 조금씩 어려워지던 때였다. 독자들이 팬시한 상품을 원한다면 우리는 어떻게 해야 하나, 다들 고민을 하나씩 안고있을 때 누군가 아이디어를 내놓았다. "단국대 학생들이 유기견 팔찌를 만든다던데 스토리펀딩 리워드로 어떨까?"

처음 듣는 이야기라 다들 급히 검색에 들어갔다. 단순하면서도 예뻤다. 이 정도면 리워드로 딱이겠다는 생각에 인턴십을 하던 단국대 친구에게 급히 부탁해 연락처를 구했다. 솔직히 리워드가 상품성이 있다고만 판단했을 뿐, 그 안에 담긴 이야기는 전혀 알지 못했다.

리워드를 우리 상품으로 쓸 수 있을까만 고민하던 나에게 미소 팔찌를 만드는 친구들이 들려주는 이야기는 색달랐다. 미소 팔찌는 보기에만 예쁜 것이 아니었다. 유기동물을 구조하는 단국대 MISO 동아리 친구들은 미소 팔찌를 팔아 유기견들의 사료 값을 대고 구조 활동비에 보태고 있었다.

그들에게 이야기를 들을수록 조금씩 내 얼굴이 빨개졌다. 단순히 팔찌를 만드는 학생들이라고 생각했는데, 그렇지 않았다. 팔찌가 스토리였다. 팔찌를 만들게 되기까지의 과정에 그들의 남모를 고민과 땀과 고생이 숨어 있었다. '어, 이거 괜찮은 이야기네'라는 생각에서 멈출 수 없었다. 그들의 이야기 덕분에 인간보다 더 좋은 대우를 받는 반려묘, 반려견 이야기 뒤에 버려지고 다치는 동물들의 이야기가 숨어 있음을 새삼 깨닫게 되었다.

과정은 치열하게 ~~~~~

그러나 조금은 부담스럽기도 했다. 스토리펀딩의 후원자들은 글을 읽고 후원하는 일에 익숙해져 있을 텐데, 리워드만 보고 과연 후원할 수 있을까? 그래서 목표액은 200만 원으로 시작했다. 앞서 1억 6000만 원이 모였다고 언급했었다. 그렇다면 200만 원을 목표로 시작했던 프로젝트가 어떻게 1억 6000여만 원이라는 후원금을 모았을까.

프로젝트를 완료한 후 후원 목표에 성공했든 성공하지 못했든 프로젝트 진행자라면 복기를 진행할 수밖에 없다. 이 프로젝트를 다시 보게 된 것은 세 가지 이유 때문이었다.

스토리펀딩을 이야기하다가 갑자기 소설 이야기를 하기가 조금 어색하지만 미소 팔찌 프로젝트를 설명하기 위해 필요한 일이니 조금 들어주시길. 작가들이 소설 속의 주인공을 선정할 때 주요하게 고려하는 세 가지 요소가 있다. 주인공은 역경을 겪어야 한다. 주인공은 역경을 겪으면서 목표를 이루어야 한다. 그리고 이를 위해 주인공은 모르지만 독자들은 알 만한 서스펜스 넘치는 기회(가능성)가 주어져야 한다. 역경, 목표, 기회라는 세 가지 요소를 고려했을 때 미소 팔찌는 리워드 자체가 스토리펀딩의 주인공이 될 만한 필요조건과 충분조건을 모두 만족시키고 있었다.

프로젝트를 진행한 미소지킴이는 단국대학교 봉사동아리였다. 수년간 유기견과 관련한 봉사 활동뿐만 아니라 관련 행사에 빠짐없이 참여하고 있었다. 그런데 그들이 원하는 수준으로 유기견을 도우려면 비용은 늘 부족할 수밖에 없었다. 그래서 어떻게든 그들 스스로 어려움을 해결하기 위해 미소 팔찌를 제작하기로 결정했다고 한다.

좋은 뜻을 갖고 시작한 일이었지만 미소 팔찌 제작은 결코 쉽지 않았다. 제품을 많이 만들어 팔면 가장 좋겠지만 안 그래도 바쁜 학생들이 재능 기부 형태로 시간이 날 때마다 팔찌를 만드는 터라 제조 기간이 오래 걸리는 것은 물론 공장처럼 많은 양을 생산할 수도 없었다. 어떤 날에는 수업이 끝나고 동아리방에 모여 하루 종일 팔찌만 만든 적도 있을 정도였다.

그럼에도 그들의 목표는 명확했다. 미소 팔찌를 판매한 수익금으로 유기동물을 안락사시키지 않는 전국의 사설 보호소에 사료 등 각종 필요 물품을 지원한다는 것이었다. '국가가 운영하는 보호소가 더 안전하지 않을까?'라는 질문에 그들은 이렇게 답했다.

국가에서 운영하는 보호소는 유기동물을 구조한 뒤 열흘 동안 입양자가 나타나지 않으면 안락사시킨다. 사설 보호소는 쉽게 안락사시키지 않는 반면 정부의 지원을 받지 못해 재정 상태가 열악한 경우가 많았다. 그러니 안락사를 시키지 않으면서 동물을 지키기 위해서는 사설 보호소를 지원하는 게 훨씬 낫다는 것이다.

결과는 창대하리라! ~~~~

처음에는 그저 돕고 싶어 시작한 일이 '미소 팔찌' 프로젝트가 성공하면서 사회적 기업 'MISO'(이하 '미소') 설립으로까지 발전했다. 우선 사회적 기업 인가를 위해 제품 제조 단계에 변화를 줬다.

드디어 공장식 생산을 시작했나 싶겠지만 미소의 친구들은 달랐다. 제법 큰돈이 들어오면 생산 과정을 확대하여 수익 구조를 만들려는 유혹을 느낄 법도 한데, 미소의 친구들은 팔찌 제조를 취업 취약 계층인 미혼모 단체에 의뢰했다. 팔찌 수익금뿐만 아니라 팔찌를 만드는 단계에서부터 사회 기여를 고려한 것이다. 유기견과 '더불어 살고 싶다'라는 그들의 바람은 단지 동물에게만 그치지 않았다.

미소는 팔찌 수익금으로 동물 사료를 구입해 환경이 열악한 사설 보호소를 후원한다. 돈으로 주면 번거롭지 않고 편하지 않을까라고 생각하겠지만 미소의 친구들은 처음부터 끝까지 동물을 위한 계획을 짜고 있었다. 현금으로 받은 후원금을 자신들의 주머니에 챙겨 넣는 소수의 악덕 보호소 소장을 사전에 차단하기 위해 그들이 직접 사료를 구매해 사설 보호소에 제공했다.

사료만 구매했냐고? 그들은 동물들을 위해 여름에는 시원하게 지내라고 선풍기, 겨울에는 따뜻하게 지내라고 연탄 등 유기견의 삶에 필요한 물품을 후원하는 방식을 유지하고 있다.

스토리는 꼭 '글'이어야 할까? ～～～

이쯤 되면 도대체 미소 팔찌가 주인공이 될 수 있는 기회(가능성)가 무엇이었는지 궁금하신 분들이 계실 것이다. 마무리로 그 이야기를 해야겠다.

미소 팔찌의 기회(가능성)는 무엇이었을까. 답은 어렵지 않다. 누구나 예쁘다고 느끼는 '미소 팔찌', 거기에 갖고 다니면서 나도 유기견에 관심 있는 사람임을 알려줄 수 있는 '미소 팔찌' 자체가 바로 기회이고 가능성이었다.

다시 강조하지만 스토리펀딩에서 핵심은 콘텐츠다. 유명한 농구 만화에 "왼손은 거들 뿐"이라는 대사가 나온다. 리워드는 스토리의 힘을 받쳐주기 위해 슬며시 내미는 왼손인 셈이었다. 다음에서 뉴스 서비스를 처음 시작할 때 '펀딩뉴스'가 아니라 콩글리시인 '뉴스펀딩'으로 이름을 정했던 것도 뉴스를 강조하기 위해서였다.

하지만 이제 시대가 달라졌다. 우리는 이제 뉴스에만 후원하지 않는다. 소소한 이야기라도 나의 마음을 울리면 지갑을 연다. 대의를 전달하는 뉴스만이 아니라 일상 속의 사소한 것들에 이야기를 입히는 사람들도 후원할 수 있다면 상품에도 얼마든지 후원할 수 있다.

해외의 사례를 봐도 크라우드 펀딩은 아이디어에 투자한다는 개념도 있지만 기본적으로 제품 자체에 매력을 느끼고 참여하는 경우가 더 많다. 상품이 아직 만들어지지 않은 상태에서도 투자 개념으로 후원하는 것이다. 가장 대표적인 사례는 미국의 크라우드 펀딩 서비스인 '킥스타터'로 이곳에는 다양한 기술이 접목된 탐나는 테크놀로지 제품이 넘쳐난다.

미소 팔찌가 스마트 워치 같은 혁신 제품은 아니지만 '갖고 싶은 예쁜 제품'임에는 틀림없다. 그리고 그 안에 미혼모의 경제활동 지원과 유기동물 보호라는 '가치'까지 담겨 있다. 예쁘기 때문에 좋은 취지로 구매하고 나서도 서랍 속에만 고이 모셔놓는 것이 아니라 매일 차고 다니면서 좋은 취지를 생각나게 하고 주변에도 알릴 수 있다. 이 정도면 충분히 매력적인 제품 아닌가?

'미소 팔찌' 프로젝트는 액수만큼이나 참여한 사람들의 수도 대단하다. 53일 동안 약 6500여 명의 후원자들이 미소 팔찌를 구매했다. 미소 팔찌 리워드는 단순히 거든 것이 아니라 프로젝트 전체를 이끌었다. 스토리펀딩에서 핵심은 콘텐츠다. 핵심 콘텐츠 없이 후원한다는 것은 후원자들에게 '묻지 마' 후원을 강요할 수도 있다. 그런데 콘텐츠가 다 글이어야할까? 매끈한 문장으로 시의성 있는 주제를 풀어내야 스토리펀딩에 들어올 수 있을까? 아니다. 리워드도 콘텐츠가 될 수 있다. 그 사례를 '미소 팔찌' 프로젝트가 정확하게 보여주지 않았는가!

'묻지 마 후원'을 불러온 작은 팔찌

귀농 꿈꾸는 베이비부머를 위한
크라우드 펀딩

—   어느 날 은퇴한 아버지께서 주차 관
리 일을 하겠다고 말을 꺼내셨다. 혹시 집에 돈이 부족한가 싶어 용돈을
드려야 하나 고민하는데, 아버지께서 먼저 돈을 벌고 싶어서라기보다는
활동을 하고 싶어서 주차 관리 일을 하려고 한다는 이야기를 하셨다. 은
퇴는 하셨지만 아직 집에만 있기엔 이른 나이라고 생각하시는 듯했다. 은
퇴라는 주제에서 어머니도 예외는 아니다. 아직 공무원이긴 하지만 내년
이면 정년이다. 두 분 모두 집에만 있고 싶지 않다는 소박한 바람을 갖고
있었다.

은퇴 이후의 이야기가 오간 지 꽤 시간이 지난 후에 부모님은 내년에
어머니까지 은퇴하면 시골에 내려가 고구마 농사를 짓겠다는 계획을 전
하셨다. 이미 농사지을 땅을 보러 다니고 시험 삼아 고구마를 심어보기도

하셨단다.

베이비부머의 은퇴 이후 〰〰

주변을 둘러보면 고령 은퇴자가 일하는 젊은 사람들만큼 많이 보인다. 왜 그런가 생각해보면 이유는 간단하다. 나의 부모님처럼 베이비부머 세대들이 은퇴기에 접어들었기 때문이다. 베이비부머 세대들 중에는 재취업 시장에 들어가는 사람도 있지만 내 부모님처럼 귀농하여 농사를 지으려는 분들도 있다.

그렇다고 귀농이 은퇴 이후 나이 든 사람들만의 선택은 아니다. 요즘에는 젊은 사람도 귀농을 많이 하는 편이다. 다들 자연과 가까이하며 자기 먹거리를 스스로 생산하고 싶어서 도시 생활에 대한 대안으로 귀농을 선택한다는 공통점이 있지만, 귀농 이후의 삶은 모두 다르다.

인터넷에 익숙한 젊은 사람들은 귀농 이후에도 중간 판매상을 통하지 않고 인터넷으로 직거래를 하지만 신문물에 익숙지 않은 나의 부모님 같은 분들은 지인들을 통해 알음알음 농산물을 팔곤 한다. 기술에는 차별이 없다지만, 기술을 활용할 수 있는 사람들을 보면 확실히 접근성에 차이가 있는 것 같기는 하다.

그래서 플랫폼 사업자로서 부모님처럼 은퇴한 베이비부머 세대들을 위해 무엇을 할 수 있을지 고민했다. 40년 가까이 도시에서 자식들을 키우다가 귀농해서 고구마를 재배하는 것도 하나의 스토리가 될 수 있지 않을까? 사회적 실험과 선한 연대뿐만이 아니라 우리의 소소하고 일상적인 이야기도 창작의 계기가 되지 않을까? 그렇다면 우리 부모님도 스토리펀딩 창작자가 될 수 있지 않을까? 이런 지극히 개인적인 고민에서 먹거리 크라우드 펀딩을 실험해봤다.

마트가 결정하는 우리의 먹거리 〜〜〜〜

가격이 먹거리 소비의 가장 중요한 요소가 됐지만 정작 소비자는 먹거리의 정확한 생산 원가를 모른다. 이른바 중간 판매자라 불리는 유통업체가 먹거리 생산의 생태계를 제어하다 보니 생산-유통-판매의 전 과정을 소비자가 알기 힘들다. 정보의 비대칭성은 소비자에게 착시 효과를 일으킨다. 그 결과 '내 기대보다 가격이 저렴한 상품'을 좋은 먹거리라 생각하게 된다.

　유통업체 중심으로 먹거리가 순환되다 보니, 생산 자체가 소비자의 필요가 아니라 '박리다매'와 '재고 위주'로 이루어진다. 한꺼번에 구매하는 유통업체에 맞춰 최대한 많이 생산하고 가격 역시 유통업체에 의혜 좌우된다. 그런데 과도한 생산은 필연적으로 재고를 만들어내고 재고는 가격 하락으로 이어져 결국 생산자의 손해가 되고 만다.

　그러면 가격이 하락하니 소비자는 싸게 구입할 수 있지 않느냐고 묻겠지만 유통업체는 결코 먹거리를 손해 보며 판매하지 않는다. '떨이' 판매는 좋은 상품보다는 오늘 당장 처리해야 하는 재고 위주로 이루어진다. 이것은 소비자가 좋은 먹거리를 확보하려면 더 많은 비용을 지불해야 한다는 의미이기도 하다.

결과적으로 생산자와 소비자가 함께 피해를 보게 되는 셈이다. 그래서 유통 과정의 투명한 정보 공개와 정확한 수요 예측에 의한 식량 생산의 필요성이 대두되고 있다. 특히 먹거리는 생명과 직결되기에 더욱 그렇다.

먹거리, 스토리펀딩으로 들어오다! ~~~~

이런 안전한 먹거리 생산-유통-소비 문화를 위해 스토리펀딩은 먹거리 전용 페이지를 오픈했다. 먹거리 스토리펀딩은 매력적인 스토리로 후원자들에게 어필해 후원을 유도하고 결과적으로는 먹거리 구매로까지 이어지게 하는 방식이다. 2017년 6월 현재 10개 프로젝트로 총 7300만 원을 모았다. 프로젝트당 모금 규모는 730만 원꼴이다. 그중 전라북도 완주의 1500여 소농으로 구성된 완주로컬푸드협동조합이 진행한 '진짜 두유를 찾아서' 프로젝트는 2418만 5500원으로 가장 높은 펀딩 액을 기록했다.

완주로컬푸드협동조합은 "국내에 유통되는 수입산 콩의 80퍼센트는 GMO 콩이며 GMO 식품의 안정성에 대해서는 여전히 많은 논란이 있다"고 강조했다. 그러면서 "국내 두유 시장의 99퍼센트는 첨가물이 함유

된 가공 두유 제품이며 대부분의 두유를 GMO 콩으로 생산하고 있어 건강식품으로 두유를 안심하고 섭취할 수 없는 상황"이라고 주장했다. 주장만 했다면 후원이 어려웠을지도 모른다. 완주로컬푸드협동조합은 우리가 소비하는 두유의 진짜 현실을 웹툰 형태의 스토리로 제작해 소비자들에게 알렸고 이에 동조한 후원자들은 크라우드 펀딩을 통해 두유를 구매했다.

두유뿐만이 아니었다. '세상에 없던 곶감 만들기' 프로젝트도 있다. 이 프로젝트는 생산자가 아닌 농수산물 전문 MD(유통업 분야에서 상품 구성 계획을 담당하는 사람)인 신훈 '우리가 총각네' 대표가 맡아 진행했다. 신 대표는 슬로푸드의 대명사로 널리 알려진 곶감이 스스로 고운 당분을 만드는 성숙기를 갖지 못한 채 유황가스 훈증으로 시장에 나오는 안타까운 뒷이야기를 전했다. 그는 "곶감은 식품의 과학적 요소가 담긴 발효식품이다. 34년간 곶감 생산에 힘쓴 명장을 소개하고 싶었다"면서 "인생을 다 바친 고품질의 곶감이 잘 알려지지 못해 손해를 보는 것이 안타까워서 프로젝트에 참여하게 됐다"고 전했다. 신 대표는 '14만 개의 곶감을 버리다' 등의 글을 통해 곶감을 만드는 과정이 얼마나 어렵고 품질 좋은 곶감을 만들기 위해 어떤 고생을 해야 하는지 소비자들에게 알렸다.

하나하나 손으로 다듬어야 하는 수고로움 뒤에 담겨진 이야기와 충분히 건조되어 맛있는 곶감으로 탄생되기까지의 이야기는 사람들의 입에 침이 고이게 했다. 그리고 2017년 4월 1882만 9000원의 펀딩 금액을 모았다.

함께 웃자고요! ~~~~~

곳감을 통해 먹거리에 담긴 이야기를 새로이 알아가고 있을 무렵이었다. 2017년 6월, 때 아닌 우박이 마구 쏟아졌다. 자잘한 우박이 아닌 내 주먹만 한 것들이 쏟아지면서 아니나 다를까 농가에도 피해가 속출하기 시작했다. 그즈음 농사를 망친 순천의 한 농부의 이야기를 들었다. 올해 농사의 8할을 이번 우박 때문에 망쳤다는 소식이었다.

어떻게 도울 일이 없을까 고민하다가 그 농부에 대해 알아보았다. 그는 스토리펀딩이 필요치 않을 정도로 탄탄한 농부였다. 35년 동안 천연 퇴비만으로 우직하게 농사를 지으면서 그의 복숭아와 매실은 순천에서 최고 평가를 받았다. 하지만 따뜻한 6월, 상상도 하지 못했던 우박이 쏟아지면서 과일들이 직격탄을 맞았다.

과일의 흠은 곧 상품으로서의 결격 사유에 해당된다. 살짝 눌린 자국만 있어도 가격을 제대로 받을 수가 없고 상처 입은 과일은 아예 시장으로 나가기 어렵다. 그가 꾸준히 가꿔온 농장에서 수확한 복숭아는 공판장 출하가 불가능해졌고 매실은 팔기 어려워졌다.

이 소식을 들은 신훈 대표가 다시 팔을 걷었다. 우박을 맞고도 살아남은 20퍼센트의 농산물을 후원자들에게 판매하는 프로젝트를 시작했던 것이다. 신 대표는 15톤 중에 살아남은 2톤의 매실에 대한 스토리를 소개했다. 그의 말대로 조금 흠이 있지만 우박을 버텨낸 뚝심 있는 매실이라면 더 맛있지 않을까? 거기다 농약 없이 퇴비로 지은 매실 농사라는 이야기가 더해지자 나도 한번 맛보고 싶었다. 우박에 짓눌린 농부의 어깨를 세워주고 싶었지만, 무엇보다 맛이 좋을 것 같아 나도 매실을 주문했다. 진심으로 농사를 지었다면 왠지 우박 맞은 과일조차 맛있을 것 같았다.

그런데 이런 생각이 나만의 것은 아니었나 보다. 후원자들에게도 진심이 전해졌는지 목표했던 200만 원을 훌쩍 넘어 1500만 원에 육박하는 펀딩을 받았다. 절망에 빠졌던 피해 농가는 덕분에 함박웃음을 지었다. 순천의 농부는 후원자들 덕분에 다 끝났다고 생각했던 농사를 다시 시작할 수 있었다.

이제 기지개 켰습니다! ～～～

먹거리 크라우드 펀딩은 이제 시작 단계다. 시행착오도 많고 예상치 못한 어려움들도 있다. 먼저 음식이라 부패의 우려가 있고 자연재해로 제때 제대로 조달할 수 없는 경우도 생긴다. 생산성 예측이 가능한 제조업 기반의 크라우드 펀딩 상품보다 리스크가 큰 편이다. 또한 후원자에게는 돈을 주고 일정 시간을 기다렸다가 상품을 받는 투자의 영역이라 쉽게 접근하기 어려운 점도 있다.

후원자는 펀딩 전에 충분히 생산자에 대해 알아봐야 한다. 크라우드 펀딩은 한두 달에 걸쳐 진행되기 때문에 알아볼 시간은 충분하다. 펀딩이 실패하거나 먹거리가 계획대로 나오지 않을 경우 환불이나 일부 상환 등도 가능하기 때문에 펀딩 규정을 명확히 살펴보고 프로젝트에 참여하는 게 좋다.

생산자들은 초기 진입이 어려울 수 있으나 스토리펀딩의 다양한 컨설팅 프로그램을 활용하면 된다. 스토리텔링이나 투자 방식 설계 등을 도움받을 수 있고 플랫폼이 갖고 있는 소비자의 빅데이터를 이용하면 펀딩 성공률을 높일 수 있다.

크라우드 펀딩의 장점은 누구나 생산자나 소비자가 될 수 있다는 점이다. 귀농을 생각하거나 농사로 새로운 사업을 꿈꾸는 사람이라면 누구나 생산자이자 스토리펀딩의 창작자가 될 수 있다.

나이와 상관없이 귀농을 결정하기까지 많은 사람들이 고민한다. 내 부모님의 고민을 보았기 때문에 다른 생산자들의 고민이 얼마나 깊을지 알고 있다. 처음엔 '제2의 인생'을 찾는 부모님의 꿈을 응원하기 위해 시작했지만 이제는 크라우드 펀딩을 통해 더욱 많은 사람들의 귀농의 꿈을 응원하고 싶다는 바람을 갖게 되었다. 많은 분들이 응원을 하고 응원을 받았으면 좋겠다. 또한 스토리펀딩이 먹거리에 숨겨진 이야기들을 더 발견하고, 어렵게 농사짓는 분들에게 기분 좋은 장을 제공할 수 있었으면 좋겠다.

 먹거리 스페셜 페이지

많은 독자들에게 꼭 전달하고 싶은 메시지가 있다.

스토리펀딩을 진행하며 누구든 귀한 스토리를 하나씩 품고 있음을 느낄 수 있었다.

창작자들의 건실한 생태계를 만드는 것만큼, 스토리펀딩에서는

누구나 창작자가 될 수 있다고 알려주고 싶었다. 당신도 예외는 아니다.

"당신의 스토리! 우리가 팔겠습니다!"

이 대화를 나눈 2017년 4월 29일, 스토리펀딩 후원금이 100억 원을 돌파했다.
100억을 돌파하기까지 2년 7개월이 걸렸다. 한 달에 3.7억 원 꼴이다.
후원액이 커졌다고 우리의 꿈이 바뀌지는 않았다.
초반의 원대한 목표는 여전하지만 스토리펀딩을 통해
우리는 다양한 창작자들을 만나며
더 작은 이야기에 귀를 기울이게 되었다.

로건은 고구마 농사를 지으며, 아이의 어록을 정리해 책을 내고 싶다. 빈은 동물 스타트업을 창업하고 싶다. 야베스는 경제 유료 콘텐츠 생산자가 되고 싶다. 릴리는 작가가 되고 싶다. 우리는 언제 바뀔지 모를 서로의 꿈들을 응원했다.

스토리펀딩은 누구에게나 열려 있다. 꼭 박상규 기자처럼 10억을 모으지 않아도 된다. 박준영 변호사처럼 공익 변호를 하지 않아도 좋다. 현실을 위해 미뤄왔던 꿈, 숨겨왔던 나의 재능, 행복했던 순간의 기록, 모든 것이 스토리다. 그걸 누군가에게 응원받을 수 있다.

당신의 스토리는 힘이 있다. 스토리펀딩은 당신을 기다린다.

스토리의 모험

초판 1쇄 인쇄 2017년 9월 1일
초판 1쇄 발행 2017년 9월 8일

지은이 | 김귀현, 스토리펀딩 팀
발행인 | 박재호
편집 | 홍다휘, 강혜진, 이미현
마케팅 | 김용범
총무 | 김명숙
종이 | 세종페이퍼
인쇄·제본 | 한영문화사

발행처 | 생각정원 Thinking Garden
출판신고 | 제25100-2011-320호(2011년 12월 16일)
주소 | 서울시 마포구 양화로 156(동교동) LG팰리스 814호
전화 | 02-334-7932 팩스 | 02-334-7933
전자우편 | pjh7936@hanmail.net

ISBN 979-11-88388-05-9 03800

이 도서의 국립중앙도서관 출판예정도서목록(CIP)은 서지정보유통지원시스템 홈페이지
(http://seoji.nl.go.kr)와 국가자료공동목록시스템(http://www.nl.go.kr/kolisnet)에서
이용하실 수 있습니다. (CIP제어번호: CIP2017021660)

만든 사람들
책임편집 | 강혜진
교정교열 | 윤정숙
디자인 | 김윤남
일러스트 | 니나킴